三十周年精選復刻版

作伴

郭強生

目次

【新版自序】

認真與天真

人生第一本出版的小說，時隔三十年後重新問世，我想，若不是因為我仍在寫作，還有，能藉此期許自己還會繼續寫下去，多少會讓人有點臉紅的吧？

反而是因為有了三十年的時光佐證，我從自己少作中看到的，正是米蘭昆德拉曾經說過的一句話，一個作家終其一生，其實都在寫同一本書。

昆德拉所指的，當然不是一直重複自己，為了迎合市場的那種複製。而是像愛與死之於三島由紀夫，記憶與遺忘之於石黑一雄，越南之於莒哈絲，伊斯坦堡之於帕慕克……他們都在不斷探問自我存在的核心，每一次的書寫都讓問題更深入，所以也必須一次次找尋新的美學路徑，企圖更逼近核心的真相。

寫作了三十多年，也越發明白這些作家的成就何其不易。有天份與才華的人從不缺，快閃式的橫空出世，或是盛名後的突然隱遁，這些都容易成為話題。一直默默在寫，一直在寫那「同一本書」，一步一步如摸索著廣袤又陌生的大地般，那樣的獨行涉險只有看在同樣的創作人眼裡，才知其忍受了多少孤獨跌撞與匍匐。他們不是沒有遭受過惡評，但是，每一本書對他們而言都是必要之惡，也是唯一的出口，是不得不寫的宿命。

與我同輩出道的創作人，仍在堅持純文學的委實不多了。何必忍受那種成敗不確定的煎熬？能轉向政治的，投身媒體的，改行做生意的，一個個能跑都跑了，畢竟那些領域都是一個更大更容易被看見的舞台。

還沒學會堅忍與平常心之前，也曾經徬徨將近十年沒有動筆寫小說。直到有一天理解到，人生就是一本書，活到哪裡就應該要寫到哪裡。在學院裡教學研究升等的繁重瑣碎中偷時間再度提筆，三年內完成了《夜行之子》與《惑鄉之人》，都是從前沒有嘗試過的長篇格局。

之後，應麥田當代小說家書系主編王德威教授之邀，繼續完成了《斷代》。在為此書的導序中，德威師曾如此寫道：「……就著二〇一五的《斷代》往回看，我們有了後見之明。原來《作伴》那樣清麗的文字是日後悲傷的前奏，而那些美少年注定要在情場打滾，成為難以超生的孤魂野鬼。回首三十年的創作之路，有如前世與今生的碰撞……」當年為初版《作伴》作序時的他也才三十出頭意氣風發，難怪最後老師文末要嘆道：「哪裡知道當時的老師和學生其實一樣的天真。」

這「天真」二字深深撞擊在我心口。

三十年一夢，師徒二人這才都恍然大悟，少年的初試啼聲裡，有多少當年不容言說的迷惘（萌？）。

《作伴》完成於一九八六年，當時台灣都還是戒嚴狀態呢！在那樣一個社會躁動已漸浮上檯面的年代「出道」，素描生活的題材對比於各類顛覆挑釁的小說實驗，青春校園愛情小說成了它想當然耳的分類。諷刺的是，我也以為自己是在寫愛情小說，即使我當年連一場戀愛都還沒有談過……

在同性與異性間，少年的我只感覺極深的迷惘與不安。只知道自己與其他的男生有些不同，卻無法定義那是什麼。一篇一篇小說裡，企圖描摹著不同的情愛關係，其實都只是以為，這樣就能找到自己可以被擺放的位置。

當時，能聽的最好讚語就是「頗有張愛玲風」了，讓我也誤認自己走的是張派的冷面言情。這一切的誤會，都只因為當年的文壇與學院都仍迴避著在歐美早已是顯學的「性／別」論述。

待台灣九〇年代各大文學獎裡同志書寫大張豔幟方興未艾，我感到的不是歡欣鼓舞，反倒是更加戒慎恐懼了。有了理論先行的認同，意識形態包裝的情慾，下一代就會比較幸福嗎？

反而我開始慶幸，在沒有任何運動標語對年輕同志進行教育的青春期，我曾寫下過這本青澀得讓人害羞的《作伴》。

那裡面記錄了一個少男最初也最真實的摸索與成長。與張愛玲的孤冷相差十萬八千里的他一直想要勇敢去愛。他終於明白，無法按照性別霸權規範而活的人生，他的每一種感情，對家人，對朋友，對時間，對死亡，對記憶，除非經過自己的話語去述說，去詮釋，否則在這個世上，他是永遠找不到立足點的。

這是一個充滿了懶人包式現成答案的時代，但唯獨對愛的諸般面貌，不論是同性戀或異性戀，都只能用生命去驗證，沒有簡單的公式。

如果《作伴》寫下的是少年時對性別意識的啟蒙，那麼中年後的《夜行之子》與《惑鄉之人》便是身分性別與時代文化間糾結的真相。

《斷代》回返了《作伴》的校園場景，揭開平行時空裡另一場摧枯拉朽，也向走過那個年代的我輩致意。之後出版的兩本散文《何不認真來悲傷》與《我將前往的遠方》，回到原生家庭的起點，一切身分的源頭。這一路走來，每一本的完成都如同是為下一本所做的準備。

從青春期對愛情的困惑，寫到了人生下半場終將面對的孤獨，這當中唯一不變的，就是一次一次誠實地面對自己的成長與改變。

或許，這就是我終其一生都在寫的一本書了。

這次《作伴》重新問世，內容稍作了增刪，主要是加進了兩篇作品〈傷心時不要跳舞〉與〈這些人和那些人〉。這兩篇的完成日期距離《作伴》初版不過一年多，在這短短一年多裡我當時不為人知的掙扎，如今都在這兩篇作品中留下欲言又止的痕跡。

人生不同階段有不同的苦澀。有時我感覺，青春像是一場從未曾落幕的獨角戲。

即使成年之後，那些自言自語仍不時會在心中搬演，隱隱提供著自我療癒的線索。新版的《作伴》希望更清楚地呈現了當年不被理解的邊緣心情，一種寧被誤解為風花雪月卻仍要真實記下的年少堅持。

沒有什麼才是對的題材或當道的技法，每個人都有屬於自己終極的主題與關懷。當年的「天真」現在看來，未嘗不是一種幸運。若不是因為那份天真，我的創作或許早隨著潮流起舞而不知所終，也不會在中年後還能繼續認真地提問：那到底愛是什麼？

認真與天真，創作路上能與我作伴的，原來也就只有這對兄弟而已。

【初版推薦序】

也是一位青年藝術家的畫像

◎王德威

郭強生自高中開始創作，入大學後寫作更勤，並偶爾嘗試以英文執筆；在大學畢業前夕結集出版，自然是件有意義的事。蒐集在本書內的十五篇小說，大體上與作者本人成長的痕跡若合符節。套句喬伊思（Joyce）名作的標題，這些作品儼然烘托出「一位青年藝術家的畫像」。

我們以喬伊思早期名作的角度來審視郭強生的小說，實兼合褒貶兩層意義。無論就題材或風格言，他的作品均透露著年輕早熟的訊息：因為早熟，他對愛情的看法（〈愛情〉、〈外找〉）、對生死的探觸（〈秋看〉），居然沾染著老辣滄桑的意味；但因為年輕，他也不免有小題大作、為賦新詞強說愁的時候。這兩種姿態所形成的張力聳動迴旋，固然導致數篇作品的生澀感覺，但無可諱言的，也是他現階段小說最引人入勝的本錢。或有識者要批評郭強生的世界似嫌狹窄，確是事實。然而郭的佳處不在於他刻意找尋突破性經驗，反在於他謹守侷限，並信筆在圈內揮灑。於是，大專聯考果真成為人生寄託的終點；校園中的眉目傳情像煞地老天荒的前奏；一頓飯局，一位新老師的亮相都是生命中的傳奇。郭強生顯然好生體驗了青春期將盡的一刻，寫下或誇張、或感傷、或荒唐的點點滴滴。

但「青年藝術家」畢竟得面臨成長的考驗。喬伊思以驀然回首的態度來重估青少年期各個轉捩點，憐惜包容之餘，尤多一種莞爾反諷的餘韻。郭強生年紀尚輕，行文當然缺少那份世故，但掩映在他作品中那種阿都尼斯（Adonis）式美少年的自矜與潔淨，卻終須更寬廣的題材來調和。這也許是他日後努力的方向。

在實際風格方面，郭強生大體承襲了張愛玲、白先勇的傳統。寫人情世故的曲折忸怩處，精緻冷冽，確是維妙維肖。像〈閒事〉講若即若離的人際關係，像〈西廂記〉中講自作多情的求愛插曲，都能要言不繁的鋪陳某種人世風景。這些作品中，予人印象最深的是〈外找〉、〈作伴〉與〈高三之外〉。〈外找〉是郭少數將觸角延伸到校外的作品；寫一段變質後依然若即若續的感情，外襯以從學校到社會的價值轉換，將所謂中產知識分子的心路歷程做即興式接露，其尷尬恓惶之情，堪稱一絕。〈作伴〉描寫男校學生與一對姊弟「兩」段若有似無的感情，基本上已有雙性戀之暗示。但恰如前述，郭將其置於一似懵懂似有情的青春期世界，反使全篇發展合情合理，毫不牽強——這可能是郭始料未及的收穫。〈高三之外〉為全書野心最大的作品，剪裁稍弱，然作者顯然有所為而作，不容小覷。該作縱寫高中生活最吃緊的日子，兼又穿插男生成長中莽撞好奇的種種「事蹟」；娓娓敘來，十分動人，且洋溢十足抒情詩格調，堪為全書壓卷之作。

貫穿郭強生大多數作品的那個敏感的、喜好文學的、易受傷害的大男生已順利的由高中而大學而畢業了。郭強生他自己將何去何從呢？在畢業前後回顧以往的心血，我們的青年藝術家該是怎樣的心情呢？《作伴》帶給我們對郭強生無限的期許。

王德威，美國哈佛大學 Edward C. Henderson 講座教授。

【新版推薦序】

青春斷代史——讀《作伴》

◎凌性傑

第一次讀《作伴》，是在我就讀高中的時候。當時我手邊的版本是民國七十七年三三書坊出的二版，封面上有一行副標題：「從附中到台大的故事」。儘管社會情境變遷，《作伴》的魅力卻是絲毫不減。經過三十年，書中各篇的主角若真有其人，必須在現今的現實生活中面臨初老。只是，他們未曾老去，在小說中永保年輕，成為某種青春標本。每隔幾年重讀此書，並且對照教職工作出現的年輕身影，總是有些感慨。不同世代的青年，遭遇的迷惘與困頓似乎都是一樣的。於是每一個世代的年輕讀者可以在《作伴》裡瞥見自己的心情，從別人的故事裡察覺青春的難題。

某一個春天的夜晚，一群作家聚餐的場合，聽見郭強生雲淡風輕地說，好不容易來到這個年紀，一點都不想重新經歷青春的掙扎痛苦。我知道，有時候成長是會要人命的。所謂成長，不外是去碰撞、去經歷、去忍受種種不可忍受。所謂成長，大概相當接近劫後餘生的概念。過得去的與過不去的，從來也就只有自己知道。

當一個青春倖存者追想從前，或許因為已經遭遇過了，再回首的心情也就多了幾分從容。

是否願意重返青春，每個人心中的答案不見得相同，那些以青春為主軸的影視題材卻是歷久不衰。當年在《還珠格格》扮演青春兒女的林心如、趙薇、蘇有朋，現在都有自己的一片天地了。演而優則導，趙薇第一次執導的《致我們終將逝去的青春》，處理的題材是青春，蘇有朋導演的第一部電影《左耳》講的也是青春。林心如擔任製作人的電視劇《十六個夏天》，極力渲染的還是年輕時光。青春電影的台詞甚至直截了當地告訴我們：「青春是用來懷念的。」「愛對了是愛情，愛錯了是青春。」我們之所以被青春的故事深深吸引，或許正是因為那是最曖昧的，也是最激烈的。

自己想說但又說不明白，小說或是影視作品正好幫我們說出來了。

我深深相信，第一次把心打開或是第一次把身體打開，同樣需要莫大的勇氣。與《作伴》裡的故事相對照，不禁思索：現在的青春男孩女孩比三十年前更加開放、更加前衛、更加無所畏懼了嗎？在教育現場觀察了近二十年，我認為並沒有。那些靈魂與慾望的難題，從來不是世代差異造成的，而是個別又個別的身心質地所建構的。大膽激進與內向害羞，大抵源自於個體屬性（當然社會風氣與教育狀態也有一定的影響），打開自己的時機與方式，每一個人畢竟都是千差萬別的。

自我是什麼？自我就是與他人之間有一條無法跨越的界線。

在《作伴》裡，我看見孤獨的「自我」，這個「自我」試著去與一個又一個孤獨的人作伴，個別的內在記憶才顯得彌足珍貴。這本小說集以〈高三之外〉作為全書的第一篇，或許別有深意。郭強生將生命中最關鍵的轉折、過渡放在最前面，並且以此為起點，一方面向前追述一群青少年的來歷，一方面鋪衍他們的將來。這是未成年與成年的分界，也是人生際遇的旋轉門。書中的升學考驗、男性情誼的分合聚散、愛情的發生與幻滅……最是讓人心弦震動。

《作伴》裡的主角所面對的那個時代，台灣尚未解嚴，民風較為保守，大學入學錄取率不高（大約三成多）。大學聯考是一道窄門，區隔了高中畢業生的生涯與命運。在我看來，不管處於怎樣的時代，青春既向未來敞開、充滿無限可能，同時也是封閉又侷限的——因為不由自主。能為自己做的決定那麼少，自我與自我的衝突卻是那麼多。〈西廂記〉、〈愛情〉、〈最後一次初戀〉這些篇章，將青少年感情世界描繪得絲絲入扣。我遺忘許久的青春情緒，竟被這些篇章重新喚起。確實是情緒，那種高低起伏都由不得自己的情緒，在《作伴》裡以一種極其曖昧的方式流洩出來。〈飄在雨中的歌〉寫實習老師引發的校園騷動，這樣的事還是年復一年地發生。這是小說家的洞見使然——小說中的時空雖然已經成為過去，成長過程中的心理掙扎卻是毫無二致。

青春是有保存期限的，其中的傷感一如〈作伴〉所提到的：「他們的日子，確實是在倒數呵！」青春大限有一天會到來，倒數計時的時候，有人選擇花開堪折直須折，有人選擇澗戶寂無人紛紛開且落。這一切一切，無法重新來過，只能事後追憶。〈親愛的〉的場景校園延伸到職場，逐步碰觸到成人社會的生存法則。關於生命歷程的推進，〈傷心時不要跳舞〉是這麼說的：「我居然到這時才發現，朝夕相處的伙伴早已經悄悄潛入成人世界，跑了好長一段，卻把我遠遠的拋在後面不顧……」然而，總要等到很久之後，不知不覺成熟了、世故了，才忽然明白日本電影《閃爍的青春》裡的那句台詞：「青春就是不斷地繞遠路。」繞了不少遠路的我發現，有些事根本不需要趕進度。

每個人身上都有一支青春計時器，從啟動到結束，只有自己知道。

我大膽揣測，《作伴》的另一個版本其實就是《斷代》。《作伴》欲言又止、充滿曖昧的部分，在長篇小說《斷代》裡終於完成互補。《作伴》裡那些含蓄曲折的內心戲、不容易和盤托出的故事，也許正包藏了刻意壓抑的感官經驗。那樣的壓抑，遠比直說來得動人。《斷代》大開大闔，讓感官重新開啟，同樣令人低迴。相較之下，作為一部青春斷代史，《作伴》的敘事語調充滿魅力，讓人神往也讓人感傷。

凌性傑，詩人、作家、建國中學國文科老師。

高三之外

已經快近中午了，太陽當頭正熱，大操場上三、四千人早已不耐煩教務主任在說些什麼。他們班在第一個陣面最後一班，他站在隊伍裡，什麼也看不到，只有人，全部穿著背後一團溼漬的卡其服、戴軍訓帽、背書包，一個個交頭接耳。

他想他快昏倒了，幹！太熱了，要放暑假了知不知道？他心裡在抗議著。他不知整個校園裡到底有多少支喇叭，全都是教務主任的聲音，沒有字眼，嗡嗡嗡嗡嗡，一層一層疊上去，沒完沒了。

剛剛的數學考得差，算算這學期的平均鐵是及格邊緣，讓他覺得更是躁悶。好歹這個學期又結束了，他想。忽聽得隊伍裡有人說了什麼笑話，引來了一陣爆笑，他急急扭過頭去想探個究竟，是排頭那一撮裡傳出來的，班長在帶頭說話。奇怪好像每個班裡，最會鬧的總是幾個大個子，尤其顯眼。他站得離他們遠，只有一旁想像的份兒，覺得這時候能有人陪著笑笑鬧鬧總是好的，免得自己老想到剛才的考試，還有就是，要升高三了。

高三！

突然這兩個字在眼前爆亮了一下，像是太陽轉過臉朝他瞧了一眼：小子不知死活哉？他莫名地反而心情轉好了。可不是嗎？不知生，焉知死——高三二字倒是頗挑釁的，激起了他一番冒險的意願，都走到這個地步了，還能甘心不闖他一闖麼？還是小漢好，考試的時候桌上總放了好幾個銅板，用來丟正反面猜答案的，想盡辦法也要考到底。不像他，每次碰到不會的題目，光坐在那兒發愣，無心戀戰只有死得更慘。

「唱校歌！」司儀的聲音。

一步一步，愈來愈接近休業的尾聲。他們學生管他們的校歌叫「搖籃曲」，樂隊在前頭伴奏，可是傳到後面時，已聽不出個調門了，光剩幾個板眼，嗶啊噗啊嗶啊咚，破破的喇叭和重垂的鼓聲，只凝成一個點在遠方跳動，完全不覺得像個三十人的樂隊。

「禮成」二字一出，頓時操場上黃土飛揚，遮天漫日，幾千雙腳磨著沙地；同學間彼此叫喚，人聲沸騰。整片洶湧的人潮，頓時衝得他有點沒頭沒腦。太陽也愈來愈烈，視線裡光剩刺亮的白，白成煙一樣的薰人。

忽然看見小漢的臉，曬得紅通通出現在人群裡，他趕緊迎過去，才又看見還有其他好多同學也都在一起。「我們要去看電影，去不去？」小漢說。

《超人2》[1]？這種電影他沒什麼興趣，於是光聳聳肩，不想插上一腳。等他們一夥走遠了，他忽然覺得後悔了，嘩啦嘩啦的人潮已從他身邊流失殆盡了，只剩他一個人孤零零地停在原地，完全孤立的感覺。

怎麼會這樣？向來休業式完，他都是回去吃飽飯，睡他一個下午，怎麼今天如此心神不寧？

再碰到的一些傢伙，不是下午還趕補習，就是也想回去蒙頭大睡。他決定認了，高二結束了就結束了吧！簡簡單單一個句號，何必拖泥帶水？——

忽然覺得身後有人，原來是文義，他立即一轉念：「就要回家了嗎？下午有事麼？」

文義看看他：「怎麼？」

「不知道，想去看電影。」

「一個人？」

他搖搖頭表示不確知，然後是文義點點頭，就這麼說定了——很有點江湖味道，講的是義氣。隨即兩人回北樓教室找報紙查電影廣告。教室裡鴕鳥、彥湘、天耀和曾莊在抽菸，文義和他們較熟，混大條的，一進去就有人奉上一根菸，他也跟著拿了一根，彥湘說：「到底會不會抽啊？真假仙！」他不甩對方。有時候他拿文義的菸抽著玩，發現點根菸是心情的一部分，無關品德教養這些問題，其實跟喜歡看雨景沒什麼不同。

他和文義決定去看《象人》[2]，十二點四十的。可是那時已經十二點了，說完

編註1：《超人2》（*Superman 2*），一九八〇年上映的超級英雄科幻電影，距離首集相隔兩年時間，由克里斯多福李維（Christopher Reeve）主演。

編註2：《象人》（*The Elephant Man*），一九八〇年上映，描述馬戲團中畸形患者的遭遇，由安東尼霍普金斯（Sir Philip Anthony Hopkins）主演。

就甩下報紙飛跑。一路奔到車站，真的是汗流浹背，連口氣都沒有喘過來，車子又正好來了，樂得氣急敗壞，根本顧不了累。

一上車，他們就擠著窗邊站，爭看校景慢慢往後退，他們學校之廣闊只有在這個時候最能表現，一道圍牆就開了一站之遠。一路上就看見三三兩兩的學生閒閒地沿著走，特別親切。

陽光迤邐，一路上竟有陣陣的煙飛塵滅……

想起了剛和文義熟起來的時候，也不過是高二下的事，有一陣子放學後老下著黏密的雨，連帶了幾天的傘，實在煩不過，他乾脆不帶了，光留在教室裡等雨停。還真有不少人也是這樣子留下來的，陰蒼蒼的北樓教室掌上了燈，有的人看書，有的人練吉他，他多半是無事，開始和文義聊起天。也就是那段日子裡，他開始對整個班有了認同，產生了感情——有這麼多好孩子陪著自己過完少年生涯，是人生美事哩。

文義問他剛才考得怎樣，他說頂多四十分。這樣的成績，他自覺也很難對文義交代，他常常教他數學的。可是他實在記不下那麼多，總是聽著聽著就光在看文義寫得密密緊緊的字，奇怪有人寫字那麼用力？……果然文義一聽他的戰況也十分不以為然，光說：「我看你怎麼上你的台大外文系。」他頂怕這種認真的神氣，一時訥訥也不知該說什麼的。

好在看了一部好電影，散場出來就沒人記得那些不愉快了。可是六月的午後雷陣雨當頭，天地一片淋漓。他和文義從真善美的電影海報，看到了新世界，下期放映、近期放映都記熟了，雨還不停。衝過街是中國書城，他們互相看了看便決定行動。他喜歡那裡清寒的冷氣，吹得人非常純潔無疵的感覺。台北很多學校都停課了，書城裡不少學生。北一女的還是很醒目，綠衣黑裙，不該用漂亮不漂亮形容，總覺得她們的自覺性高，舉手投足便有些可觀。白衣的中山人給他的印象還秀麗些，有股健康爽朗的氣。

東張西望之餘，也不忘把自己「國立的」胸膛挺一挺。他滿喜歡穿制服和同學走在街上，有一種隸屬感，既親切又得意。尤其是遇著了豔陽天，他邊走邊要想起一首老歌〈A Place in The Sun〉[3]，中文叫〈陽光普照〉，很多很多年輕的臉在街上走著，頂著閃亮亮的陽光，去找那個陽光普照的地方。管他什麼聯考的！

和文義消磨了一個下午，走出書城已經四點多了，天還沒晴回去，一大片陰濛清涼的天空，可是透亮透亮，果然有一種教人想重新做人的喜悅。是得分手了，日子原來也是很快的，他想著他已經慢慢走向高三了！

在家閒度了數日，一直到七月一日那天早晨，他才驚覺過來，翻開報紙，大專聯招占了大半的版面。

天氣非常的好。他放下報紙，看看窗外湛藍的天，難以置信的醇明。他也希望能有這樣的天氣，加上熱薰薰的風，供他明年的七月一號，坐在考場裡思考之餘，可以抬眼看看窗外。考場外就有蟬聲，他答著卷子，一面聽到鏗鏗的陽光和縈縈的蟬聲在廝殺，敗了的日光一片片落到他的卷子上來。聯考日該是大晴天，而且要熱，這就是他對聯考所有的印象了。

他們高一高二還在第三次期中考時，高三已經停課了。三年的課表走到那一聲鐘響，一切就結束了。往年高三人都住南樓，今年南樓改建，他們在中正樓上依舊鬧得不可開交。撕爛的課本，破舊的體育褲，無人招領的球鞋、板擦、粉筆……全都往窗外丟，真個落英繽紛。——或許是無法宣洩的感傷和惶惶然吧？

他和全校所有高一高二的小骨頭一樣，擠在走廊上看熱鬧。他想像不出到時候突地發現沒人再管他們了，要自己往聯考之門上路了，是不是也會這麼激動？情願選擇這種破壞性的方式，情願老師、教官不了解？其中自是有一種驕狂和執著。

最後當然是不歡而散，教官全部出動了。他知道那些歡呼、作亂的人中有自己認識的人，真的沒有心情去定他們的是非。

以後就只見零落的畢業生回學校看書，多半穿著學校送的畢業紀念T恤，以別於人。再不是破書包、舊帽子舊夾克，成班成班朝會、降旗遲到的高三人。學校裡突然空了一半似的，少了他們的份。高三人向來愛擺出一副大將之風的，身負升學

編註3：一九六六年由美國盲人歌手史提夫汪達（Stevie Wonder）所推出的熱門單曲。

重任，是校園內一股老大的勢力。上學期中，學校辦了送舊晚會，他本是去捧國中時代老同學光光的場，他有表演節目。可是那晚他卻感染了大將們的無奈。晚會開始，有人從台上一連連遞下火把，大家起初都嚇了一跳，後來主持人才報出「薪火相傳」的主題，全場都笑了起來，坐前排的高三人笑得尤其大聲，是知道自己受到愛戴，可是又覺得遲了的感受。

他記得一篇在某班班刊上的東西叫〈中興堂外大雨滂沱〉，這個名字再也忘不了。說的是一個留過級的學生，參加了本來他應該是其中一分子的畢業典禮，遇見了原來的老同學，很遺憾不能和他們同時畢業，又想起當年一群人的志向抱負……雖是如此，可是此人心中沒有怨恨和不滿，他一個人要好好過完他的高三。

他每每就會想起這篇東西，想像著如何去拿捏實際課業與情感幻想之間的分寸。而高三好像總是個很好的機會，給人一種新的生活去體認。

既然今日天氣這麼好，他也決定要好好過他的高三。日子也就是從這一天開始倒數了！

期末的時候，班上已經是一片摩拳擦掌，沒事大家就愛研究補習班的廣告，連小漢都興抖抖地到處拿報名單。一回和他搭同一班車回家，他哇哇說著暑期計畫——數學在××處補，英文又在××處補。社會組[4]的人能補的也只有這兩科了，他聽了卻驚嘆不已：「這麼多啊？」小漢說起他讀甲組的老哥，已經報了五個補習班了。

他和小漢是決定念乙組的了，此外的同志就剩俊龍、崇文和朱，以及考音樂系的馬兄，都是散得要死。「你也該去補一補，」小漢堅持要他也去報名，說是文義等一票也補呢。「這是精神建設，磨練一點鬥志和毅力，看看人家是怎麼K書的，不要老吃吃睡睡，要養成讀書習慣，這樣才……」

他根本招架不住，就去報了個數學。

這天數學班開課，真可蔚為台北市一大奇觀，全市莘莘學子共濟一堂，算算總

編註4：一九八〇年代的高中分科與現在有所不同，共分為甲（理工）、乙（文哲）、丙（農醫）、丁（法商）四組。甲組、丙組為「自然組」；乙組、丁組為「社會組」。

有兩百人吧？教室還不是在補習班的樓裡，要走到對街一棟公寓的地下室，冷氣才打開，有股發酵的汗酸氣未消。早就沒有座位表可言，大夥兒一進門就鬧哄哄亂坐，自己學校的同學死黨總擠作一堆。第一天上課老師講解這年聯考考題，他在底下同小漢說《象人》的故事，這第一堂課也就這麼快快樂樂過了，對於補習這件事，也不再心存戒心。

說起去報名英文班，這回不是小漢等人的激將法成功，他沒和他們一道，國中同學光光向他推荐了另一處地方。他自己心裡清楚，他想補英文是另有原因的。期末就醞釀著英文老師可能高三不再教他們了，或者再帶他們的暑期輔導課，算是最後的嘗試，老師是否改變心意，全看他們暑假裡的表現如何。

他很喜歡這個老師的，校內的名師之一，可是不知道為什麼，班上學習英文的熱忱遠不及數學，他收作業就知道，每次交作文都七欠八欠的，不太當一回事似的。他送作業給老師，老師臉上的顏色總教他忘不了。

目前班上只有俊龍的英文程度最好，人家也是自己念出來的，查生字勤快得不得了。上起英文課，老師像是只講給他一個人聽，兩人一問一答。他倒不是嫉妒俊龍，只是覺得很對不起老師。到後來老師真的是不管其他同學了，沒想到一個名師也有這樣孩子氣的時候，竟然對班上同學灰心到這種地步，他心裡一定也是很不甘的。

他就想著讓老師看看，暑期也有人英文有進步呢！他知道老師會記得他這個學生的。因為有一回上課，老師抄了一黑板的如何視句子長度調整句型的範例，沒什麼人聽得懂，他恨那種滯泥的氣氛、暗暗跟自己說了聲：「都是廢話！」他不懂為什麼偏偏那一刻，教室裡完全沒有一絲雜音，不僅老師聽見了，坐得很遠的同學也都聽見了。認出他聲音的朝他做鬼臉，不認得的也趁亂大笑，慢慢的箭頭就指向他了，老師維持著風度，看著他：「哦？廢話？」

日子都已經開始倒數了，他不希望人、事、物有任何的變動，他要與這些人一起衝過最後一年，他對他們都很有信心的！

這天下午光光來找他，他們兩家住得忒近的，兩個巷子口只差幾步。他們國中就同校，是到了國三才彼此知道對方。那時候模擬考考完，放榜還放得很有那麼回事，全校前十名還頒獎……之類一大堆俗事。光光當過幾次榜首，是學校看好的學生，可是聯考失了手，他聽說也嚇了一跳。他本來的目標也是放在第一志願，如今竟然有人也跟他一樣得轉兩趟車，上另一個學校，他反倒釋然。

光光和他聊著聊著，都覺得不後悔，很喜歡目前的生活，也想學校裡的老師同學。光光念的是甲組班，功課壓力比他重得多，早就是英數理化，補得不可開交，他還是念得很快樂。

光光邊說邊撥著吉他，兩人的歌癮大發起來。光光和幾個班上同學時常在一起玩吉他，送舊晚會上初次登了台，興致更高了，練了不少新歌。他對光光說還是比較喜歡他們那天在台上唱的〈匆匆別後〉[5]，當時台上台下氣氛之好，全場打著拍子，這首歌又是節節爬高，聽得唱的人都快淌下熱淚來：

於是我說拜拜喲好朋友

不管你坐在哪個角落

拜拜喲好朋友，

但願你別後多珍重

哎呀呀——

光光又唱了一遍，他也跟著和上去。熱烈的琴音中，他想起了他們剛上高一的時候，光光先把帽子摺彎起來；升高二的暑假，光光從自強活動回來，剛進家門，實在喜得難挨，跑來撳他們家的電鈴，要來說給他聽。他那天感冒發燒，才打了針回來，可是還是抱床毯子聽他說，說南橫，說了很久——

拜拜喲好朋友，

編註5：一九八一年廣受歡迎的民歌，由梁弘志作詞作曲並親自演唱。

但願你別後多珍重

哎呀呀——

輔導課開課第一天，回到小別有一段時日的學校，同學最驚奇的莫過於已經拆了鷹架的南樓了。

他們的教室目前暫居中正樓，聽說南樓一開學就要啟用，而他們就該是第一屆住進去的高三人。南樓向來是高三人的精神堡壘，這回重建之後，竟成了一棟極現代化的巨型建築，簡直像座美術館或博物館什麼的，教大家都傻了眼，嘖嘖稱奇。

不料英文老師還是換了。新老師今天已經來上了兩堂，還是位女老師，聽說是以前北平輔大畢業，很有那種 fair lady 的味道，只不過是上了年紀的那種。新老師一上課就說英文，還用英文問同學問題，同學們答不上來，光在底下偷偷地笑。他也是笑，可是笑得有點失落，有點無奈。可是看看新老師第一天同大家處得挺好，他心裡才覺得或許是個轉機也不一定。

最痛心的是，有八個人被當掉了。

有天耀、曾莊、一鳴、敏龍、顯毅……再者就太生了，他一下子記不起什麼來，光是他們的座號一個個浮上腦海——全是那幾個收作業時最教他費工夫的同學，好了現在他們走了……可是他一點都沒有鬆了一口氣的感覺，他收了一年的作業，誰是第幾排第幾號，那是唯一，也是最真實的記憶。他們走了。他這裡卻不忘他們的號碼，難以想像會有一些新的同學補進來，這不是，有點，不公平嗎？

多半被當掉的同學都去念補習班了，同等學力報考大學，不再留級待下去。他本以為高三就是他們一班好兄弟，從此一塊兒並肩作戰。或是，感覺上有那麼一扇玻璃門，大家一起推了門走進去，馬上就是一個明亮清爽的開始，所有不愉快的、糾結的、陰霾的都被留在外面，大家只能帶進去一顆平靜但自信的心……看來自己真是不識高三為何物，完全沒想到現實裡有這麼許多的變化。他不知除了念書之外，自己是否還能面對得了那些要來而未來的曲曲折折？

下午補數學時，他的心情一直被那些不可知的事情所煩擾。或是又要想起那些被當掉的同學，曾經在班上的零星片段，全是他不經意在一旁看到的。他們和他們的朋友在說話、在打鬧，他們永遠不會知道，曾有一剎那，他也細細分享到一些他們的生活。

休息時間，他們出了地下室來曬太陽，冷氣間待久了，讓人覺得身上有種爬蟲類的氣，涼而痲木。

他們班的同學在這兒補的不少，出了地下室，又在外頭聚頭。文義照常是以菸會友，他和彥湘、鴕鳥跳上了一台摩托車，擠在一塊兒點菸，真不嫌熱。

他感到陽光太刺目，以為自己頭昏了，後頭有一股陰影壓下來，一轉身才發現是個人，再仰起脖子，才見著了面，是曾莊。

他也是在留級黑名單之列的，見了他先就擺出了一副訥訥的笑來，害他十分不安。

他想，這些被當掉的同學中，最有可能與他成為好朋友的就該是曾莊了。對於其他人的回憶是片段的，可是和曾莊之間，一直有很淡的、延續的感覺。他們都住永和，搭同一班車上學，卻只有那麼一回。曾是個山東人，人高馬大，擠車的時候得不停調整姿勢。他看著他一會兒挺直了，撞到了車頂，一會兒又心不甘情不願地垂下來，十分辛苦。到了金甌那站，下車再轉車，曾莊一直和他一道走，兩人卻苦無話題，曾還略彎著腰，一副隨時恭候他發言的樣子。為了不使對方失望，他說了：「曾莊，你的歷史作業還沒交。」

別看曾是個大個子，上體育課時卻和他一樣喜歡溜回教室。那回，他衝進教室灌水，咕嚕咕嚕之時，聽見曾莊喚他：「有幾張藝術品你要不要看？」那兒還圍坐了三四個人，都是紅燥燥的一張臉，汗跡沒有擦乾淨，曾就坐他那兒眨著眼笑。

原來是「那種的」畫報。

曾莊還帶解說：「你看這張，搞屁，根本不可能……這個女的實在是……有的太過分，不用看了，哇操！這張我剛才怎麼沒看見？這是在幹什麼？一群人?!……」

看完了。曾莊一合書，歪著頭問他：「沒看過哦？」他騙他：「誰說？」曾莊啪地一掌蓋在自己臉上，光露出牙咯咯咯笑起來。笑完了又說：「下次再看。」

他不懂曾莊為什麼笑，可是一定是抓準他不會生氣，才給他看的。曾莊在他面前一直是那麼輕鬆、隨和，老哥老弟的，他根本不用計較他們之間發生過什麼事。可是這一刻，他光是記得曾莊被當了，遲遲說不出話來。

還是曾莊先開口：「哎！」接著是苦笑。

文義他們坐的那台摩托車原來是曾莊的。「以後要騎機車跑南陽街了。」曾莊說。

「以後看不到『那個』了。」他有心把氣氛搞得輕快一些。

「噯。」曾莊很給面子地笑了笑，想到又說：「那些不是我的，我聲明一下，都是毛哥的。」

也是被當掉的人，全是他們「風化區」的幾塊寶，毛哥、一鳴、龔公公……一下子教室後段便要少去好多人。他們的世界他不是很清楚，如果他們彼此也有一份很深的交情在，那些能留下來的人，又該作何感想？他們會覺得打打鬧鬧的同伴離去，也是自己的一種錯誤嗎？

「以後，收作業的時候嚴一點，沒交的就記，也好讓他們警惕警惕！」曾莊說著用手指指自己腦袋。

是這樣子嗎？他無法作答，低頭看自己的鞋尖。眼皮上熱烘烘的，視線裡泛起了紅，是陽光停在臉上不去。他甚至看見自己亮亮細細的睫毛，密密地織在眼前；掛不住什麼愁緒，卻怎麼也抬不起來。

輔導課上了沒幾天，訓導處便通知各班，要先選出新的幹部來主持班計，一切比照正式的高三生活。改選時猛爆冷門，政變頻傳，選得全班人仰馬翻，他們班導也只有站在教室後搖頭苦笑，他看在眼裡，知道一切只是因為他們高三了。

小漢莫名其妙地被推上了副班長之職，他以為能有點變化總是好的，不像他，全部當選名單上只有他是個臭莊，還是幹他的學藝老本行。高二一年，都是小漢同他一塊共掌班上作業收發，這回正式拆夥，他笑小漢是「篡位」，因為兩人收作業不勝其煩的時候，都曾覬覦過副班長這個位子呀！

當幹部是好事，可以免做值日、打掃等勞役。而幹部裡頭恐怕副班長又是最輕鬆的。這都是他告訴小漢的，因為他高一下學期的時候嚐過甜頭。

副班長雖也是班級的核心領導人物之一，可是所負的責任，所具之修養，和班長完全兩回事。班長一定都是允文允武，沒什麼自個兒幹不了，還非得副班長助上一臂之力不可的班務。副班長便成了一個靜態的人物，具有同等權力而不常使。他最記得他高一朝會時帶隊的情形——有幾次班長遲到，他這個副班長就得出面整隊，要是遇上乍暖還寒的換季前後，他還可以威風凜凜地下達命令，要不要穿夾克？而多半他都是說要穿的，因為他自己怕冷。

建威有的時候會不遠從東樓來看看他，他是他高一時最好的朋友。

想起高一那個班，除了覺得一眨眼竟然現在已是高三以外，總有一份情義未盡的歉疚。那些同學都曾對他那麼好的！只因他當時非常清楚社會組才是他未來的依歸，自己勢必會離開的，後來竟真的養出了一種旁觀者的心情，每每朝會帶隊時，那種感覺尤其強烈。

現在那個班是丙組班了，建威告訴他情況一直是亂糟糟的，不時地還有人轉組出去，導師一年換一個，沒有一個可以叫得出全班名字的……他和建威擠在一張課椅上坐，談起這些零零絮絮，明顯覺得是兩個世界了。偶爾鄰座同學經過，都會奇怪地看建威一眼，不知道他是從哪兒跑出來的？其實他早想把他現在的那一大票介紹給小威認識，他們早也記得小威那張面孔，可是每回總是互相點頭傻笑而已。

這中間有文化差異什麼的吧？他不懂得的。

高三生活在逐漸形成，他發覺自己簡直愛上了這炎炎夏日裡，半天的輔導課。可貴就在是半天，四節課，一直上到九、十點，都還像是才起床不久，有股甜甜的睡意。夢裡自己已經上了大學，偶爾一抬眼，老師、黑板、課本、同學，不都是昨天麼？……知道了高三一生只有一次的道理，他真想過得好，一人一物，都自有了它的珍貴之處。

暑天裡起大早，一點也不是件難事了。一過六點就爬起來，全家都還在睡，他一個人在屋裡可以蘑菇老久：到陽台上吹吹晨風，看看早報，甚至聽一會兒電台的《空中英語教室》[6]，Good morning, everyone. Welcome to our English conversation program……挨到七點十分出家門，真正蓬勃的味道。

還就要那點匆忙緊湊，他跑跑跑跑跑，跑到車站，追趕上一班特擠的公車，車上多的是各校的高三人，彼此都是一副十分了然的表情。

禮拜二的輔導課最是輕鬆，國文兩堂，外加史地。這天班上的氣氛浮浮的，校園裡除了他們要升高三的族類，還有就是剛畢業的大將們又出現了，因為是聯考成績單寄到的日子。

第二節下課時，他和小漢跑下樓來看，頭髮都長起來的大將們，紛紛走往圖書館的方向，他們也跟著追去。那裡場面真是讓人屏息——人手一只信封，瞬息之間，開懷的、頓足的、默然的，一覽無遺，足足讓他們這兩個後生目瞪口呆。

「手牽手進台大。」小漢說。

「什麼？」

「老朱昨天跟我說，明年我們手牽手進台大。」

和老朱也是最近才鬧熟了的，因為都是要考乙組的人。他真服了老朱，想得出這種座右銘，帶畫面的，他聽了也呵呵笑了——也許他說的不是不可能，真的有那麼一天，噢，就是明年的今天，他們手牽手進台大。

下午有補習的那幾天，中午就是他、小漢一塊吃中飯，後來崇文、俊龍、老朱都跟著來，就在車站那兒的麵店吃麵，沒什麼口味可言，要的是亂哄哄地一桌人圍坐，又吃又笑，反正就是不同於教室裡吃便當，每回都要吃上一個鐘點左右。

總共有三家店面，不知為什麼，第一家的生意永遠清淡得令人傷心，老闆卻總要伸著頭，衝著他們直喚：「小弟，小弟，進來坐，炸醬麵、餛飩麵、榨菜肉絲麵！」已經完全認得他們幾個了。

不知道是不是因為聯考放榜日，這天大家都出奇地安靜，不知道在想些什麼。

編註6：彭蒙惠於一九六二年創辦的節目，為台灣英語廣播教學節目先驅。

冷清的小店裡，老電扇吃力地噗噗噗轉過來，又噗噗噗轉過去。隔著油膩的布簾子，傳出來店後頭有小孩子做遊戲的聲音，升學、聯考對他們來說，實在是太遙遠了。

店前頭，老闆愉快地在下麵，騰騰的蒸氣從鍋裡升起，他才不管英文的「麵條」怎麼說呢！店裡頭光是單純、悠遠、乾淨的歲月在進行中。

街上，如今只剩一小塊亮金的陽光，遠遠地站在大門口。偶爾，就有一個高三人走過去。

他想起那句：手牽手進台大。很想甩甩頭忘掉，可是偏偏揮不去。揮不去了。

老電扇兀自吹著，像流光暗轉，總在覺與不覺之間。

高三註冊那天，竟然一大早就瀝瀝啦啦下著雨。

真的是九月了，下了這麼點雨，立刻就有秋意，涼氣襲人，沁沁直穿進短薄的夏季制服。他們照規定時間八點三十分集合，是註冊首日的第一班學生，前無古人後無來者，班長老金帶著他們在中正樓穿堂整好隊伍候著，教官都還沒就緒。

大家的談笑聲不輟，也像雨聲，可是在偌大的學校裡顯得有些伶仃，又彷彿傳送得尤其深遠，全被雨帶了去。排得好好的隊，不知怎麼又有點凌亂了，自己人又開始聚在一起，三三兩兩，儼然某日某堂的下課時分。

洪湊過頭看他的年級線：「怎麼繡得那麼黑？」

他不好意思地摸了摸胸口：「噓——是原子筆畫的呢。」

崇文帶了報紙，大家便分著一塊兒看起來。翻見金馬獎提名揭曉，他大喊不得了。老彭從身邊過，嘻嘻笑道：「什麼時候了，對這種事還這麼關心啥？」

「明年的金馬獎，我們都已經是大學生了！」小漢在一邊作了結論。

真的麼？真的麼？他不敢看小漢說這話時是種什麼表情。忽然眼前一片迷濛濛的，又不像是煙雨的干擾，他只得慌慌避過頭去——赫然又看見南樓！巍峨的南樓立在雨裡。明天，明天他們真的就要搬進去了。

下午最後一次補數學，他的心情也怪怪的。

他實在是補不下去了，不能每次來都和同學在底下打鬧，亂畫小漢的筆記本，朝文義丟紙彈……可是聽那些函數、拋物線、座標，真是一件太打擊信心的事。開學以後，小漢、文義繼續還要補下去，聽說高三一開始的排列組合最難懂。可是他管不了這麼多，告訴自己不補了，絕對不補了。儘管如此，最後一堂課，仍是聽得他難捨難分，實在懷念補習老師那口破破的國語，和他說的那些只有他和小漢笑得出來的笑話。

依然是上到中途，他玩累了便逕自趴下小睡。才覺得有那麼點迷糊睡意，又被人搖起來，他不耐煩地揉揉眼：「怎麼了？」小漢說，下課了。

最後一次提早結束，令他悚然一驚：這怎麼可以?!

他本以為還會和以往一樣，五點多走出南昌街，發現陽光燦爛依然，一路上過往的都是高中生，有的才要去上晚班的課。然後老彭陪他在公賣局等車，六點鐘回到家，還正好趕上《旋風小飛俠》[7]……

可是全不是這樣了。打了傘站在南昌街口，奇怪一場雨怎樣一大早下到現在還不停？老彭竟然也缺課，他獨自目送小漢文義，揮手自茲去。

晚上坐在電視前看《天長地久》[8]——伴他們暑假始，也接近完結篇的連續劇，看得他昏昏欲睡——不知道男主角應若水是哪大學畢業的呵？螢光幕上又打出了「待續、待續、待續……」的字樣，被這二字怔住，他突然清醒過來。竟是想起校門外，那條迤邐了七百多個日子的紅磚路，仍在無盡遷延遷延。

父親說：「進房間去吧？」不同他提「讀書」二字，他自己也知道是在催他用功了。臨時又有電話來找，原來是文義，他在行天宮圖書館呢，反問他在做什麼。「正要去翻翻書。」他說。

文義那頭竟也無事，只是想到了撥個電話給他。他知道此刻如果是面對面，他一定又會安安靜靜轉個身，陪他朝迢迢的松江路上盪去。「好啦，去『翻』你的書吧！」文義如是說。

兩個月來，非正式的高三人生涯已走到盡頭，是結束了，明天不再是半天的

編註7：知名經典日本動畫《科學小飛俠》的續作。一九八一年於台灣中視首播，包括鐵雄、大明、南宮博士等要角皆繼續在續集中登場。

編註8：一九八一年台視火紅八點檔連續劇。由劉廷芳、李烈主演，並由當紅歌手王芷蕾演唱同名主題曲。

輔導課，不可能到了下午，念書念暈了頭還可以到西門町趕一場電影。小漢最喜歡在補習前去南海路那家冰店裡喝汽水、看人，也不再有他的份兒了。原來這些都是十八歲夏天的故事，而眼前真的是秋天了。

坐在書桌前，攤開了怎麼也背不完的英文單字手冊，沒來由想起了高一的某個考試前夕。就是這張桌前，記得多清楚，那天下午有過一場大雨的，是六月。也是大開了窗子，任涼風習習，寂寞緩慢地在他桌上流連，而他第二天還要考期末考，生物和數學，念得他欲哭無淚。

高三？……

他現在是真正的高三人了，高三人是不哭的。他想到今天晚上他該做一件事——他於是移過了案頭的小桌曆，飛快地翻算過來，然後在明天那一頁記上了這個數字：２９５。

也不是念書念得倦了，只是見了窗外陽光好，他便走出教室，蹬蹬下了四樓，擱著南樓的樓梯口坐了下來。沒人理他，他知道學校裡還是上午第三節課呢。可是上課下課，對他都已經過去了。

他並不太心驚，這個時候，反而更覺得摸不透那是什麼意思。明明他每天還背著書包來學校，裡面裝的全是高中的書，連課桌椅都還是原來的那一張。再過十天，十天吧——他一咬唇，我還不算畢業，再等十天吧！他一直是這樣想，沒有痛苦，只有涼涼的孤單。

帽子也扔了，書包上也被人簽名簽滿了，就連身上穿的也不是黃卡其制服了，白色的T恤是學校發的紀念品，這些又該怎麼說？停課是日，一閉起眼睛就完完整整在心裡重演，從前看過別人怎麼活過那歷史性的一天，可是自己走進去，才發現完全不一樣的，他都不知道是那樣的。

首先，最後一天上課竟是個星期六[9]，週末裡竟得解決這樣複雜的情緒，不光

編註9：一九八〇年代的台灣，星期六學生仍須上半天課，直到一九九八年一月實行隔週休二日，二〇〇一年一月正式實行週休二日。

是數英國國四堂課，還有南樓穿堂前面萬頃陽光的草坪，藍天藍藍的天，洋洋的亮金風，教室裡大夥兒一塊兒剝了制服，將新運到的白色T恤換上……他笑著，不知為什麼，拚命地咧了嘴笑。一個上午很快就過去了，仍不得不背了書包放學，不知道自己還會不會回來了？

才出南樓，滿天飛舞的白色碎紙片，發了瘋似地一個窗口連一個窗口被拋撒出來，高一高二的小鬼放學途中都不走了，擠在草坪上看，他們才是興奮到頂點，期待又著急，叫啊跳啊，把他擠在人堆裡也動不了。

他特別看了自己班的窗口，沒有丟紙片，沒有撕課本。可是又有什麼不同呢？整個草坪上慘不忍睹，全是紙屍，十分悲壯。教官四、五個出馬，朝南樓衝來，一哄而散的是高一高二，他呆呆站在那裡不知道走好還是不走好？教官們的臉色敗壞至極，上午朝會時校長訓話到一半，竟然司令台頂劈里啪啦一掛鞭炮爆了起來，場面很是尷尬，幾千名學生排排隊在操場上聽那鞭炮聲，最後從高三陣面方向，忽然哈哈哈揚起如雷的笑聲……此時他站在南樓草坪前，聽見擴音機裡總教官的聲音：

「那些不要臉的高三的，你們想幹、什、麼！」他聽不下去了，悵悵地便出了校門。
沿著圍牆慢慢走遠，陽光迎面照著，白T恤鬆鬆套在身上，映著日光顯得好突兀。
他回頭看了一眼，依然覺得那是他的學校，離愁彷彿是件奢侈的事。
「怎麼一個人在這兒坐著？」
聽到聲音，他抬起頭，看到說話的是位女老師，他不認識，也不知該怎麼招呼。
「曬太陽。」他答道。
那女老師聽著也覺得新鮮有趣，她要上台階，可是被他擋著不能過。她停下來打量他，竟忘了上樓的事，又問他：「還剩幾天？」她見著他身上穿著畢業生的標記。
「十天。」
女老師還問：「什麼組啊？」
他用手在眉毛上搭個篷子擋太陽，仰著臉答道：「乙組。」
「哦。」女老師稍微向前了一步，也學他的姿勢，抬頭望了望：「南樓好哇，真像是專為你們蓋的，趕著讓你們高三的時候住進去。」

他一味笑著不多言語，只聽見那女老師繼續道：「好好準備考試，注意身體。」

聲音遠去後，他才想起來，那人不是老師，是保健室的護士。可是他們都是這校園的一分子，她的意思，他完全懂得。

他回到教室，裡面的同學正在小憩。接近中午，簡直熱得人發麻，好多人脫了上衣，坐在窗口抽菸。

停課後只有那天畢業典禮時，才又見到教室裡坐滿了同學。六月六日，刻骨銘心的數字，再不用導師準時守在門口記名字了，同學們全都到了個大早。八點半鐘，總教官熟悉的聲音從擴音器中傳出：「各班走廊整隊，向中興堂方向移動……」那口氣就像是，是去開週會呀！大家都笑了。進了禮堂，一切仍是亂糟糟的，導師站在走道上一一與同學握手，熱得他滿頭大汗。音樂班的學弟妹在台上演奏，竟是舒伯特的〈小夜曲〉，十分之纏綿悱惻，大家又是一笑。各級師長致辭完畢，畢業生代表上台說話了：「校長、老師、各位同學——」頓了頓之後：「謝謝！」就下台了，全場簡直樂翻了——這樣的畢業典禮！

之後，日子又靜了下來。就剩零落的同學守著偌大的教室，聽著分秒滴答從耳畔溜去……。

剛開始小漢也回學校念了幾天的書，那時才考完畢業考，他倆訂了一套讀書計畫，說是每天都要念到晚上十點才可以走，要仔細數著隔壁教室裡的腳步聲，一個、一個、一個全走了，他們一定要挨到最後一個。可是連續幾天，都是一到下午四點半，兩人背了書包也跟著「放學」，一個人也許不好意思，可是有兩個人哪！他們還跑到中華路換車，滿街四下觀望找熱鬧，記得整整高三一年也是這麼活過來的，也沒覺不好，他倒也喜歡那種日子的。他和小漢不愛玩，只是愛亂想，可是終究也沒想出「聯考」是個什麼名堂。還是小漢先想通了，他們兩個在一起，最後一定都死定，所以就不再來學校念了。

老朱坐在走廊上，看見他逛來逛去也不理他。不少人都把課桌椅搬到走廊上來念書，整條走廊正是「風簷展書讀」的景象。他向老朱討口菸，才抽了一口，又覺得沒趣了。想起其他好多人，文義啊、老彭啊，都不知道他們現在怎麼樣了。

他的三民主義第三遍才開始，不知怎麼翻來覆去老停留在第一章第一節，好慌！老朱伸手拿下他手裡的課本考他一考：「……目前我們大陸上的錦繡河山，在共匪暴政宰割下，已成為一片什麼？」

不會呀，他也懶得去猜：「什麼東西？」

「一片——骨嶽血淵。」老朱說完便惡笑起來。他踢朱的椅子：「哪有這樣問的？」

「不想念就做點別的去。」老朱道。

他無聊地撿起老朱桌上的東西，一樣一樣看：打火機、車票、香菸、手帕、綠油精……停下來想一想：「你去年冬天送我的那個什麼鬼煮飯花種子，根本不發芽！」

「哎呀煩，你去幹別的好不好？」老朱彈掉了菸蒂，衝著他噴出最後一口煙。

「我餓了——太早了哦？」他還要說。

老朱被他煩不過，才十一點只得陪他去吃午飯。一出校門，就聽得遠遠上課的號音又響了，該是第四堂課，麵店裡黑漆漆的，顯然才開門，老闆娘蓬頭垢面端上來兩碗榨菜肉絲麵。

他呼嚕呼嚕吃將起來，真是清湯掛麵。去年夏天，暑期輔導的時候，呼嚕，他和小漢都來這家吃，呼，下午還得趕補習……真是快呀，他想起來不免有點戚戚。

老朱隨便挑了兩口，就放下筷子，改叫了瓶沙士，點了根菸，光看著他吃得很痛快的樣子。「還抽，你會得肺癌死掉。」他說。老朱聽了仍是眼睛瞇瞇地，惡笑了兩聲。

高三一年裡，很多人都不太一樣了，像文義，真的就是好好用起功來。他、小漢，又加上老朱，走成了另一個三人行，沒事也去圖書館晃蕩。他記得老朱每次都躲在偏僻的小角落裡坐，當然還是叼根菸。碰到模擬考結束，他們就借題去趕場電影，以資慶祝。街上有好多也和他們背著同樣書包的人，有些還都是在一棟南樓裡出入，雖然不相識，他見了仍是亂興奮一把的，盯著人家猛笑，人家見是自己學校的高三人，亦表示禮貌地回笑，他就更發瘋了，扯了小漢老朱這個那個說得不停，還當街唱起那首〈A Place in The Sun〉，他們一點也不怪他，一味姑息他。

現在兩人安安分分地坐在這兒吃麵，他不知道老朱是不是還記得那時候的事？

老朱正趴在桌上看報，手上夾著的菸頭，留了好長一段灰。

「看什麼？」老朱很自然就彈斷了那截灰，然後嘩啦把報紙又翻過一頁。

「在想手牽手進台大。」他學老朱笑了：「一大排人手牽手那樣，嗳，記不記得？」

老朱又罵了聲「哎呀煩哪！」老闆娘都驚得回過頭來看。

「還剩十天，知道不？」他小聲地說。

其實他心裡明白，老朱什麼都知道，而且知道得比他清楚。他覺得滑稽，一上午什麼都沒念，一個勁兒地找人說話，卻抓不住任何話題，說說便斷，彷彿什麼事都不堪申訴了——他不放心，真的是有點害怕，板正臉孔就說道：

「如果你考上台大我沒考上，我就不再理你了。」

老朱先是吃了一驚，拉著兩人無言地對看了一會兒。他心裡又痛又急：自己說的是什麼話？老朱眨了眨眼，低頭又去看他的報紙，這回不抽菸了。

好不容易過了十二點，他跑去撥電話給小漢。小漢那頭什麼也不說，沒睡醒還是怎麼著？他把手牽手進台大的事提醒他一遍，只得到一個哦字做為回響。

「下午搞不好會下雨，天氣這麼悶——」

小漢那裡仍是聽著，沒有意見。他摸著公共電話的金屬線圈，千纏百繞的，最後說：「以後我不打電話來了。」

小漢嘆了口氣，然後是：「我掛了。」

教室裡的睡意太濃，見著東倒西歪的同學，他心裡說不出的難受，那樣疲憊沉重。有的生得一副大個子，睡在臨時併起來的桌面上，走過他們身邊，他都想拍拍他們，他覺得清醒也是可怕的事。

他也拖了張椅子坐到走廊上來，孤單得想哭，可是跟自己發過誓，高三無論如何不叫苦的——只是怎麼都沒人管他了呀？一大早背了書包出門，沒有朝會，沒有老師，每個人心裡都有太多的事，不肯說不敢想。只剩一個多禮拜了——一下子什麼都想起來了！再沒有人一到下午便把撲克牌拿出來玩，他的拿破崙[10]還是停課後這段日子學的……別班的人有時也跑過來和他們殺幾局，或是，自己班的窗口不用，偏跑到他們班上來射紙飛機，大家放下牌又把那人趕出去……他們這一樓的人後來都學會了在廁所裡沖冷水澡，用班上的大茶壺接水，搞得廁所裡永遠溼汪汪的，還飄著絲絲的浴皂香……可是不知什麼時候開始，這些自動都停了。

午後的一場大雷雨到底沒能免。他坐在走廊上看風雨飄搖了看了不知多久……

學校他便不再去了。

留在自家裡念，常常念到半夜裡，腦子裡總亂亂地纏著許多事，他不時地從一個瞌睡中掙扎出來，結果卻又掉進另一段記憶裡。他不忍心離開自己的書桌，什麼東西都往桌上搬，把自己擠在中間。想起小漢曾說，他總是一整夜開著收音機，聽著午夜節目一個一個播過去。或是老朱說，他的座椅上擱了兩條皮帶，他念書的時候總把自己捆上去，以防自己亂跑。你以為相處了七百三十個日子就善罷干休嗎？這是小漢的名言，寫在生日卡上，祝他十八歲生日快樂……

「喂，我找劉仕漢。」他好久沒用三個字了，他聽到電話那頭叫人去了，是小漢哥哥的聲音：死人，電話啦！

「喂？」

「是我。」他嘿嘿乾笑了幾聲：「今天是六月三十號。明天——」他竟說不出聯考二字。

「嗯。」小漢打斷他。

「考場看了沒有？」

「沒有。」

「鉛筆、橡皮那些東西準備了沒？」

「還沒。」

「……」

就在他想掛電話的前一刹，小漢叫住他：「我們一起去看考場，好嗎？」

編註10：改良自橋牌的益智策略型遊戲，各地玩法不同，廣受學生歡迎。

南門國中是小漢的母校，他們很快就找到了各自的教室，各占走廊的兩頭，可是窗口同臨著莽莽的植物園。出來之後便去買明天要用的「裝備」，一路上扳著指頭數了好幾項，總是不全。兩人在文具店裡熱得滿頭汗，小漢忽然問他：「橡皮要用日本的，還是台灣的？」他說隨便，結果一打岔，又得從頭清點一遍，兩個人都笑著猛捶對方。

老闆在找他們零錢時，附贈了一句：「金榜題名！」他們聽著，覺得萬分驚奇，簡直不知道自己是不是用得上？明天可要帶到考場去？

小漢家裡沒人，他便同他回去坐坐。他們在小漢的房裡無目的地走走摸摸，冷氣機像是看不慣，在一邊嗯嗯嗯似要提醒他們。他看見小漢桌旁的牆壁上貼了一樣東西——聯考的預期成績，後面標明：台大圖書館。

「現在該幹什麼？」小漢問。

「看書啊。」

他爬上小漢的床，他和他哥哥睡的上下鋪。兩人捧了歷史課本翻看著，其實早沒了心情，只不過閒下來只有徒增緊張。

「我有沒有說過，我希望聯考那天是個大晴天？」他停下書，從上鋪探出頭來問道。

「有啊。」

「真的，那樣才像。我想了三年了，一定該是個大晴天——」他頓了頓：「其實很快啦，兩天一下子就過去了，然後什麼事都沒有了，就是七月三號啦……」

小漢瞪著圓晶晶的眼睛聽他說，忽然，臉上也閃過一抹微笑。

他們眼看著天色就暗了下去，黃昏來了，六月三十號就快告尾聲了。小漢送他到車站，抬頭看見遠處幾片雲彩很是好看，兩人便靜靜地觀賞起來，誰也不出聲。直到車子來了，他才忽然轉身抓住小漢，急急吐道：

「早點睡，不要緊張，噢。……英文再隨便翻一下，噢。」車子靠邊停了，他匆匆忙忙又留言：「明天見！明天見！」

「拜！」小漢也追著車子跑了幾步。

他覺得車上的人都在看他，忽然眼眶一熱——明天，明天會是個大晴天。他再也想不出其他的話告訴自己。車子不一會兒便開上了中正橋，河面上一片金光閃閃，遠方天際萬丈霞光，不知道生命裡有過多少次這般的光景。他下意識將書包的背帶抓緊了些，彷彿也抓住了整整一個高三，和不可知的明天……

There's a place in the sun
Where there is hope for everyone
Where my poor restless heart's gotta run
I keep running toward a dream
Moving on, moving on……

西廂記

他觀察了她幾天，並沒有什麼異樣。

當初把房子租給那個女學生，他的同學雖不贊成，可是顯然地他們不再赤著膀子逛來逛去，洗澡時也不再載歌載舞。女孩子不常出來走動，可是他心裡這會兒卻有了負擔，而且是旁人沒注意到的。

父母有房子留在台北，他考上高中北上求學，儼然做起小房東，除了收房租，房子漏水、水管不通他都一概不管，也沒有人抱怨，手腳快些的自有辦法解決，不為難他這個土孩子。房子是個二層樓的舊樣子，全部打通了再隔，每一戶都可以互通訊息，常常是一根釘子，你釘過來，我捶過去。不知怎麼又有人找到一些小漏洞，把書遞進遞出，或是一台收錄音機，三四戶隔著牆合著聽、合著唱，這些都是那女孩子搬來之前的事。

他們這兒除了住了一些班上同學或同校的外地生，還有一個醫學院的傢伙，一個重考生，一個日本來的留學生。他不懂行情亂開價，條子貼出去第三天就住滿了，這附近找不到這樣寬敞的學生宿舍，大家趨之若鶩。只有樓梯口的一間，大家嫌西矖，空了好久。有天晚上她跑來了，第二天就成了這兒的一員。

十七八歲的人都懶得用心思，經過她終日深鎖的房門口，卻都懂得停下來，一個、兩個、三個……最後一哄而散。大家都不曉得她幾點出門，幾點吃飯。有人開他玩笑要他去報警，有人猜她在裡面修煉，這都是無聊之至的，他只知道那裡面是個女孩。女孩在或不在，不是他房東管得著的。

可是那天晚上，近十二點了，他見她匆匆奔上樓來，還背著書包。他書念得沉沉的，沒注意到外面下雨，可是那女孩全身溼透，泥濘且淋漓，像是從外面摘下，丟進他屋子裡來的一朵褪了色的花，一點都不像平常那樣安詳平靜。她發抖的手握著鑰匙，久久打不開房門，他佇立良久，不知所措地望著她。對方猛一個回頭，驚恐地瞄了他一眼，他確定她哭過了。

僅僅那一眼，他想了一整夜，想她紅腫的眼圈，她一身的泥漬，或是對方想告訴他而說不出口的……他第二天起了大早，一直到他上課去，他肯定她還在她房裡。

是什麼事呢？會有什麼事降臨在這個新竹來的女孩身上，而且那麼晚那麼黑了？他也是新竹人，他第一次見到她時就這樣告訴她，可是她先是一怔，後來笑笑沒搭理。她先繳了一個月房租，但這半個月來，他對她的印象亦只止於那天倉促一面。

來到台北一年多，他的思緒是很少平息過的。他最不習慣的是這兒的人際關係，即使是小小的一個班級，都是複雜得令他不敢插手。鄉下來的孩子，他總是這樣自稱，他也許比鄉下來的還要鄉土，簡直長不出根來，在這一大片熱熱鬧鬧的台北。大家在一起也是玩，別人看不出是真是假，玩得也挺熱絡，禮拜天打球，考完試看電影，總像是為附應一個什麼東西。是不該把自己抓得那麼緊的，可是沒有人知道他是怎樣地在調節自己，有些事覺得應該就由他做起。

他不怕多付出一點的。從小就是比哥哥姊姊們聽話，父母是小學程度，卻一心指望他們能上個高中、或是大學，結果只有他辦到了。他並沒有因為享受了特權才考上了理想的高中，他同時也照顧家裡的生意，在米店裡打雜。他是懷抱著自己的想法來到台北的，第一件令他吃驚的事就是鄰家籐器店的老二阿來，他留級了一年。

他一心想幫阿來一把，可是沒有用，他住的地方是個賊窟，房東率領著他們打麻將，一開三桌，一打一個晚上。他是真正感到自己的無能為力，這究竟是一個有壞人存在的社會，他只是個鄉下孩子，他為此曾消沉。當學藝股長，做了一大份班上的學生資料，他們班上的外地生幾乎占了二分之一，可是個個和他都沒關係……

他回到公寓來，經過那女孩的房間，他猶豫了一下，輕輕敲了門。聽見鐵鍊子嘩啦嘩啦的聲音，女孩露出半張臉：「該繳房租了嗎？」

「不是——」他並不想湊向前去：「妳吃過晚飯了嗎？」他說不下去，臉熱熱地將日本料理的小紙盒遞上：「壽司。前幾天我看妳吃完丟在後頭，想妳喜歡這家的點心。」

對方沒有收下，硬說吃過飯了。可是見她穿著長長的睡衣呢！臉色不好，定是餓瘦的，孤孤單單一個人，父母怎願意送她來台北受罪呢？「需要用電話嗎？打回新竹去不要緊……」他話忽然多了起來。她手持鎖環，戰慄地開門的景象浮現，還有那受了委屈的眼神，溼透了的制服，牆上的鐘敲了十二響的雨夜……

這是一個奇怪複雜的社會，而他只是個鄉下孩子……他又是一夜沒好睡，現在反正是牽扯到她的事，都令他掛念不已，他怕那靜靜的西窗小屋，裝不下那女孩的傷心和眼淚。這會兒他們這裡已經淡忘有一個女學生住著，又是喧囂得無法無天，他破天荒地衝出房去叫他們別吵，就連他也已經變得敏感起來。他不為別的，只為他所見到的，或許他能改變的，即使是為某個人翻正他不整齊的領子也好，人與人的關係是以簡單的形式先建立起來的，可以深入卻不希望複雜。

他觀察了幾天，並沒有發現什麼異狀。信箱裡有些沒貼郵票的信，他替她從門縫裡塞進去。有人注意到他的用心，卻只顧打諢，他又怎可以任意將女孩的狼狽公諸於同室之間？雖然她不是一個很漂亮的女孩。

確實到了收房租的時候了，她先來找他。「我不住了。」他沒有一點準備，只得狠狠將她打量一番。是發生了什麼事嗎？也許這就是最後一面了，他仍然開不了口，女孩帶著雀斑的臉上變得好年輕。

「妳找到房子了？」離開了這兒，更沒有人會關心她的孤單與創痕了。

「我回家去。」女孩忽然偷偷笑了起來。他更急了，莫非她只有這最後一條路了？「噯，我不住新竹，我住忠孝東路，抱歉，騙了你一場。」女孩的笑容很自得，看著他——一個被她騙的男孩。

「妳真的沒事吧？」他還是不死心。一個月了，他無以名之的關切，付諸一個「新竹來的」女孩的一份情緒，並不是誰騙誰的問題，對自己的執著，他需要一個肯定的答覆。

「再幫我一個忙，好不好？以後如果有一個一八〇的男孩子來找我，告訴他從沒有這個人，ＯＫ？」女孩甩甩頭：「我是不會讓一個教我哭了一個月的傢伙再來騷擾我！」

他注意到她抓在手上的，那些沒貼郵票的信，他愣在那兒，決心不再想下去了。他還能怎麼做呢？

「噯，那間房子不錯，也許我還會回來，能替我留著嗎？」女孩在樓下朝陽台上的他揮揮手。

陽光下人來人往，他怎能讓房子空著？

作伴

他在班上一直是最小的，別人十八歲都快靠了岸，就他一個人還在慢慢划他的十七歲。

不只這些，名字裡帶個「小」字，小霖小霖，班上的人都這樣叫他，旁人還以為這是個外號，聽著就像是小一輩的人物。

他一直沒多大改變，身高一七〇，近視三百五。晃晃蕩蕩了兩年，依舊不老。他喜歡夏天，一到了夏天，自己都覺得自己是個人物了。也許是一個人實在太寂寞，東走走西看看，總想是一覺起來，什麼什麼都不一樣了吧?!他在那時候就差去追太陽那般瘋狂了，到處的闖。合唱團都在炎炎午後和知了一塊兒唱：「千山萬水，萬水千山……」他記得每次唱到這兒就斷了，他們的音樂老師就要示範一次。她說她不是主修聲樂的，可是她也捧著心唱，唱得他後來就在合唱團散後的音樂教室裡獨自也唱，還被老師聽到過一次。那老師愛繫蝴蝶結，頭上是領上也是，鞋上也停了兩隻，她只笑笑沒怎麼下評。後來他不去聽了，因為總是那兩首歌，他以為自己唱得已夠好。他真喜歡音樂，就同自己從不認得五線譜一樣，從也沒人知道。

同學們還是一樣的，「靜者恆靜，動者恆動」。他們偶爾會談起聯考，只有他們幾個在說，真正一旁看書的沒人理他們。他說他要考新聞系，沒有人反駁他；家裡沒人催他讀書，學校裡也沒有，就這樣貪玩了起來。直到柳宗坐到他後面，他才覺得不好意思。柳宗英數很好，不怎麼愛講話，可是和他也聊，同班一年多，他倆還第一次那麼有話說。他覺得柳宗人不錯。羡慕他生活得很有規律，還會教他數學，也喜歡穿黃色的襯衫。

班上的事情很少驚動過他，難得那年暑假，他怎麼那麼主動報了名參加班上的露營——還歡迎攜伴參加哩。大家告訴大家：石小霖也要去，結果柳宗也跟著報名。那次露營空前爆滿。他每次郊遊都找不到可玩的，無聊得很；有水就一個人打水漂兒，有樹就一個人爬上去，對著天空唱歌。唱的還是那兩首，奇怪的是唱到「千山萬水，萬水千山」，他也會停下來，後來根本就忘了後段怎麼唱。就這個樣子，他自己都不知道怎麼會惹來旁人打聽自己：「有個坐在樹上，很性格的男生是誰？」同學聽了都笑，衝著那些傻女生直說：「就是我啊，就是我啊！」儘管這樣，還是有人電話打到家裡來。洩漏他家電話號碼的傢伙後來自了首，他反倒不在意了。在校園裡，見了自己同學雙雙對對，他異常豁達地過去搭訕閒扯，第二天，人家就會告訴他，有人說他很有氣質。那一陣子，是他最瘦的時候，趁洗澡時候照照鏡子，湊近了端詳自己，果然發現，自己有著兩片希臘雕像式的薄唇，下巴上還有條小溝，臉頰像是削尖的拋物線。後來，他就一直沒能維持那時的體重，小溝溝也沒了。

他一直到了高中，才和女生斷了關係，從小都是男女合班上來的。一個小學女生，和他斷斷續續地，等她上了高中，也是瘋得忘了他。他對這些女孩子很灰心。有時會有同學從郊遊回來後告訴他：「昨天有個女孩說認識你！」他才知道，他那個舊的女朋友，現在花得不成樣子。「啊！你說她呀？醜死了，從來沒有好看過。……也許她去美容過？以前都是她打電話來，我不敢碰。」他這樣子回答，對方聽了當他是玩笑，他不再多說。一個電話打一個多小時的日子是童年，他不急，從此就不再為這個急過。

原來他們紮營的地點在河床邊，石堆磊磊。一路沿著河走來，河水嘩嘩沖著兩岸，就和一行中的女孩子們一樣嘈。大家一個石頭跳著一個石頭，他邊跨邊望腳下的水流中，細悠悠的草髮浮游。原來是女孩子們膽小沒了聲音，才顯得這處的深靜。

當晚安排妥貼，也沒什麼吃的，大夥兒興奮得沒胃口，胡亂遞了幾個麵包咬幾口。班上的人還很顧著他，直問他：「餓不餓？」被別的女生們聽到，全掩著嘴笑。柳宗根本沒吃，一個人坐在一邊喝汽水，他想起來回頭去看他，對方朝他搖搖易開罐空殼，旁邊還坐著一個人。人家說那是他姊姊，在讀五專。

第一天見面，彼此沒什麼話題，早早就入了帳。他們一班的班長、副班長和風紀全和他在一塊兒，旁邊睡的是柳宗。聽了幾個葷笑話後，慢慢聲音消了下去，就剩他一個人愣坐在那兒。屁股下是沒剷乾淨的碎石，靜聽帳外的動靜，很怕一個夜就這樣襲了下來。猛地帳篷被人拉開，伸進一個頭：「我弟弟睡啦？」他看清楚是柳宗的姊姊，不好責怪人家怎麼這樣莽撞，只好拍拍枕在他腿上的柳宗，看見他睡得熟甜。

「別叫他，沒事！」女孩的頭髮燙過，一張臉像是在帳口的一輪月光，柔柔淡淡的。幾秒的空白，黑夜又溜進帳裡。「想不想出去走走？」

和柳瓏沿著河岸走去，西方風聲吹來，都是颯颯的感覺，星星則已經是翻覆在一大片海裡了，忽浮忽沉。柳瓏想再往下游走，他住了腳。有一點怕，因為遠處像是黝黑的一個大洞。

挨著大石頭坐上去，任憑河水嘩嘩奔流在自己腳下。柳瓏和他聊柳宗，說著，說著，竟加一句：「你們倆很像，哈！」她指的是什麼呢？柳瓏說她會看手相，正正經經地便叫他伸出手來。其實根本是胡扯，他煩了說睏，正要跳下石頭，好像被人拉了一下沒拉住。他站在石頭下往上看，柳瓏一雙眼晶晶地在夜裡閃。他一路向營地趕，什麼都不想。他還是怕夜！他知道，他怕夜會那樣就襲了下來。

回了學校還要輔導，他想來想去，竟然忘不了那晚。他沒事打量柳宗，覺得他姊姊和他真不像。那晚回了帳篷剛倒下，原來柳宗醒著的，臥著看了他一會兒，問他上哪兒去了？他不知想隱蔽什麼搖搖頭。柳宗和他平行著躺下，呼吸一波一波。他不知道柳宗究竟知不知道這檔子事？有點後悔當初沒告訴他。

那暑假裡，他膽子大了些，敢穿緊一點的褲子和靴子，衣服更是鮮亮的黃、藍或耀眼的白，大家都不認為看著會不順眼。有時下午泡一下「小美」[1]，走一走書城，柳宗也跟他一塊兒，晚上則約個進度溫習功課，約莫兩個月，就那樣過了。他忘了再提露營的事，沒想到註冊前幾天，柳瓏又打電話來。

第一、二通他沒接，第三通握了聽筒沒開口。到底柳瓏比他大，毫不在乎地說自已的。話裡沒提到柳宗，他心有旁騖；問他柳宗在不在？果然不在。柳瓏約他看電影，他一時沒想到該怎麼引退，慌慌張張搭了句「看哪家？」掛了電話，還呆了幾分鐘，抓了書，就往圖書館去找柳宗。仍然是夜，緊緊抱住了閱覽室的四面大玻璃窗，他逃命似地在柳宗對面坐下，見柳宗看到自己那副德行的驚惶。他沒心情看書，完全在看柳宗，覺得心定了些。柳宗有時抬起臉想問題，迎著他就微微一笑——那表情竟像柳瓏！

編註1：此指早年盛極一時的「小美冰淇淋餐廳」，販賣有聖代、香蕉船、舒乃斯等各式冰品，為許多學生和年輕人的約會聚集地。

開了學，他們班換了教室，靠了大馬路的那一棟。一窗子都是綠，只是下午會西曬。班上有人驚問現在是高幾了！他竟然還是用原子筆把年級塗成三槓。有人則不勝依依地說起和自己天長地久的女孩，在暑假裡怎樣度過了最後一次約會，約定了明年台大見，這似乎有點過分。有些人則還在剪不斷理還亂地苦惱著，真正丟不下了！他覺到班上同學長大了，只是自己仍舊慢別人一拍。他自己都想不清，怎麼和柳瓏出去得就那麼隨便了？他還拿不定主意，平常依賴旁人慣了，不適應擔任起這麼一個角色。

高三不比往常，真的要拚命的。念著都會忘記，為什麼要念，機械而且麻木。他的功課在一起步沒穩下來，一連幾個月都漂浮不定，失常得很。當然這和他的心情及生活脫不了干係。

他一直想起和柳宗在圖書館K書的晚上，他們到了十點，搭了〇東在台北繞大圈，雖然是夜裡了，可是多了個伴便不怕。他們挑靠後的雙人座，出了圖書館就不談功課，拉開窗子，真的是好風如水。

柳宗說話依舊是慢慢地，有時眼光直投向窗外，不朝他看，可是他靜靜地聽，時針滴答滴答流過耳際，他們的日子，確實是在倒數呵！柳宗教他快快收心，挑個整數的日子，三百二十啦，三百整啦……仔細地望望自己的前程。

記得那是五月的時候，離現在卻像是很遠的記憶（記憶中一到了夏天，便是要赴考場的那種淒涼）。高三的學長們抱著書。東坐一個，西坐一個，把校園點滿了。沒想到，自己已經不知不覺地踏進這種生活裡。柳宗怡然自得，抱著書的樣子，總是一番在吃零食的氣象，眼睛瞟瞟課本，偶爾瞟瞟教室外，他則在走廊上，對他招呼地笑笑。

柳瓏和柳宗對他來說，是兩個集合；而他們兩姊弟又自成聯集。是在疑心，於是有了鬼，他自認為他無能力處理自己這樣的一種生活，因為他一直是個長不大的小孩。

九月的暴雨依舊稀奇，四周水瀑傾瀉，困死了一堆週六午後無處可去的人。說是念書吧，大家卻是親得很，搬了椅子坐成一圈。柳宗人緣是很好的，大家和他嘻嘻哈哈的熟悉，是他和柳宗平常欠缺的。聽著一些笑話，實在有趣。九月，還剩三百天。有人這麼說。

一陣雨過後，他奔至走廊上，望見遠遠的景物，像是畫裡的一筆水墨，溼得恰到好處。陽光一片片貼上金磚，亮麗的好景象。他要柳宗出來嗅嗅雨後的味道。進得教室，一片氤氳，柳宗淡淡地叼著一根菸，欲笑還休地抽了幾口。沒人理他，他愣愣地站在原處。

沒事。一整個下午沒事。柳宗和他六點鐘出校門，他沒有回家的意思。「去我家坐坐？我爸媽今晚都不在。」

那柳瓏呢？該是在家了。屋子裡熱門音樂通天響，一推開門，柳瓏和另一個男孩子盤坐在地上，想是她同學，穿著是制服，中分的長頭髮。兩人一起抬頭。「宗宗，我們吃過了！」柳瓏笑得平和：「小霖，今天和柳宗過得還好？」

「好！」他應了一聲。挨著柳宗，有菸味未消。柳宗不把他當外人，鍋碗盆瓢放了一桌剩菜，就他二人對啄。前廳是柳瓏輕輕的笑，和一個陌生的聲音，沉沉地說話。他想把柳宗放下，趕去前廳和柳瓏會合。

幫著收拾了碗筷，四個人前廳坐著。柳宗看報，那二人放唱片，他則是定定地望著柳瓏。「妳為什麼把頭髮中分了呢？」他問柳瓏。

「這樣好看嘛，小鬼！」沒想到那男孩，撩撩自己中分的頭髮代答。柳瓏面有不悅，嬌嗔幾句。

柳宗柳宗，你姊不能這樣對我——他心想。柳宗柳宗，今晚這裡有四個人，四個人哪，我們從來只是一對一的。柳宗，我該告訴你，那一夜，河邊，有風，我和你姊走了好長一段，在夜裡，你姊的笑容像月光，你姊的聲音在電話裡像銀鈴……。

他慘慘地支著頭，望望柳宗，對方該算是給了他善解人意的一笑，他至此再也不打算把一切告訴柳宗了。

門外的音樂不可能停的，房間裡就是柳宗的味道，他的書桌、書架、書櫃子，他的衣服，他的床。「你有菸嗎？」他開口便想驚人，柳宗反倒是還他一個默然的神色，他只好住口。「柳宗，你有沒有交過女朋友？」問題當然是很傻，柳宗點點頭。他知道這個週末注定要在房間裡蹉跎了，就他和柳宗。

那是他對夏天最後的記憶。九月的晚上，銀河醉人，他卻好像再也沒有了牽掛。

閒事

體育課，他很早就走了。不想回家，出了校門就是先蹓上一段路，停停又行行，整條馬路上散著一種工作時間的蕭條，只有他背著書包，像是忙過了一場，又像是他從早上就站在那兒，一直是屬於馬路上的，根本不用念書。

春假過後第一天上課就蹺，應該有點不好意思才對。搖搖頭，其實他只是被嚇到了而已。一早上來，黑板上右邊寫著「八十六」，左邊寫著「十一」，一個是距離聯考的日子，一個是距離下週模擬考的日子。他仔細想想，他和這兩樣東西素無瓜葛，可是這次感覺卻不一樣，但是第一次才見面，對方便齜牙咧嘴，等著教他好看。

他趕忙來到小桐位子旁邊，問他怎麼辦？小桐斜倚窗台，手托著腮，卻是一句「春天來了沒呀？春假都過了……」聽得教他生氣。小桐都要把他帶壞了！他咬咬牙望著那孩子：他為何就不能帶來一點積極的空氣，振奮一下呢？他和小桐高一同班，那時日子像電影院內免費的本事[1]一張一張的，他們便隨意地一把一把拿，拿在手上卻也沒多大用處，轉手便不知丟到哪兒去了。高二一分組，他們分了家，教室隔了一大操場之遠。高三小桐落荒，風塵僕僕趕到他們社會組班上，從那時候開始，一切已經有點不對了。而他很念舊，凡事小桐這樣小桐那樣。——小桐現在大概在跑一千五百公尺吧？他果然又想到那孩子。

站在十字路口，四下望去，簡直不認得這條路他每天走過，是被哪些人踏成這個樣子，完全踏死了。記得他有過很美好的印象，紅燈換綠燈，他坐在大巴士上咻地滑過街口，而向右看下去，長長的新生南路沒了底。早上總是又有陽光又有霧，糊裡糊塗把長街拉得更長，他知道再下去是台大，有高高椰子樹的地方。

他只好去逛書展。高中念了三年，好像這兒的書展沒斷過，他卻是懶得很，在門口都常懶得進去。小桐上了高三之後，去得更勤，同樣一次書展要去好多次，是無聊還是怎麼著？他不知道，只要小桐不是沒事坐在窗邊發呆就好，他不敢管他。

進得大門，街上的蕭條立刻沒了影。同樣的記憶是悶熱和擁擠，同樣的書仍放

編註1：一九六〇至一九八〇年代，台灣電影發展興盛，彼時的電影都會發送一張介紹劇情、角色的本事，隨著觀眾購票入場時一同發放。

在同樣的攤位。隨了人群走了半場，他忽然看見一個人影在眼前晃：「小桐！」

「跑完一千五，差點死掉！」小桐不像他滿臉驚訝，只把鼻子皺了皺：「我從保健室溜出來的！」

聽小桐這麼一說，他也不覺得有什麼好興奮的了。不過小桐旁邊還有人，是立立。他和立立見過幾次，是個長手長腳的高個子。小桐和立立高二在一班，聽他這樣子叫，看不出交情多深，反正小桐對每個人都是那個樣子。立立站著只管笑。不知怎麼，見了那表情，他忽然將立立和早上的感覺作了印證。果然，那人一眼望去，不緊張也不頹喪，聯考奈他不何的樣子。

三個人在人群中擠更是麻煩，他只想早些擠出門去。偏偏立立在小攤位旁停下，抓起了幾本現代詩集翻翻。他閃在一邊，小桐則瞇著眼望牆上的海報，邊看邊走遠了。

「你喜歡詩啊？」他等得不耐煩了，過去問立立。立立只點點頭：「還算喜歡。」

「你寫詩？」他又問。

「偶爾。」立立的心是在手中的書上。而他自己也不知想說什麼，總想冒出一句：可以走了吧？

「你呢？喜歡現代詩嗎？」立立合上書，忽然想到他。他尷尬地笑一笑，說他看得不多。立立沒有輕蔑的意思，反倒熱烈地介紹了他幾本書。他聽了也翻了，再抬眼看立立，對方有種捉摸不定的安逸，時時從他的談話中流露，他倒滿羨慕的。

過了幾天，報上登出了立立一首詩來，很多人都看見了，題的就是「立立」兩個字。他照例拿著報去找小桐，小桐這回倒還合作，也衝了他猛點頭：「是啊是啊，就是他寫的，我在他家看過這首詩。」

他問小桐對現代詩懂多少？小桐聳聳肩，光「就是那種感覺嘛，我也說不上來」地說了好幾遍，聽著也不比自己高明到哪兒去。小桐又補充道，立立懂得多，問他去吧。

他可沒這麼莽撞，自己先買了幾本集子，挑了幾個常聽的詩人的作品抱回家。

等考完模擬考，想抽個空欣賞。又過了幾天，報上又刊了立立的詩，他把兩首剪下來，也算是一個小單元將它貼了起來。

小桐也時常和他說起立立來，小桐在甲組是待不下去，而立立明明是適合念社會組的，小桐因此隨便下結論：「真正有程度的人才不會甘心來社會組。」他聽在耳裡，當下一抽。有時想起自己真是莫名其妙，除了看點小說，愛點繪畫，再加上數學不好外，他實在沒有其他的理由去念乙組的。他起初可不這麼覺得，從小學開始，他的作文簿上的成績可不低。剛分完組，他動筆得更勤，捧了稿子找人改，一次一次封好牛皮袋，在家等退稿。

後來他發現，原來還要靠一點才氣吧？他看著小桐便是例子。那孩子作文課從來都在胡思亂想，沒一篇不是補交的。可是小桐隨興而發的小散文，他讀了只有暗暗叫好的份兒。他只好將精神放在課本上了，打算走學術路線，沒想到小桐這時候又來投靠他，他的日子成了一個個大洞，好像再也沒法補起來了。

放了學和小桐一道走，整條廊上陽光還好得很，十分深情地俯瞰校園。剛拐下樓，便碰到立立。

「看到你的詩了，很好。」他不知為何有點緊張，字句都斟酌了起來。

「喜歡嗎？」立立的語言從來都很簡單：「還有一首。我一共寄了三首。」

他聽了只管點頭，也覺得好像很滿意的樣子。

「立立，杜說要向你請教作詩呢。」小桐搭了個腔，說罷就又凭他的欄去了，留下他不知怎麼回答，一味想起了書展上的詩集，後來放在他的書架上，卻是從沒看過。

「不敢啦，高興便動動筆。」立立也謹慎，沒有就地便高談闊論。他也慶幸自己還有挽救自己品味和格調的機會。

事後他想想，他實在犯不著那麼不自在。立立那個樣子，他是從未覺得有何驚人之處的，難道這回見他一舉手一投足都是詩了不成？還是小桐狠，當街和他對罵：「你登了兩首詩就了不起了啊？」小桐心情本來就不好，該念的書全沒念，作業也堆到鼻子上了，聽他和立立聊天，插了幾次沒插進嘴，當場便冒起火。

立立個子比他倆都高，橫過來推了小桐一把：「你也醒一醒吧！」說得小桐不再開口。一路回家，氣氛全不對了。

小桐就此便鐵了心，見了他也冷漠得很。他真覺得小桐古怪，從前不是這樣，而且現在愈變愈怪，想要造反嗎？他只好把小桐放在他位子上，不去招惹他。偶爾上課時回過頭去，見他若是用心瞇著眼抄黑板還則罷了，若是發呆，他也真覺得煩死了小桐。

考完模擬考最後一科，班上的人是早就計畫好了節目的，一哄而散，小桐也不見人影。他坐在教室裡翻書找答案，愈翻愈洩氣。

「見到小桐的人沒？」立立匆匆忙忙跑來，劈頭就問。「今天是他生日耶。」

「小桐生日？這我不曉得。」聽立立口氣裡毫無責怪小桐寡情的意思，他覺得不公平：「他小子不怎麼識好歹。」

「別這麼說啦，他很苦惱，真的。」

難道我不苦？還是你不苦不煩惱？高三還剩七十來天，誰有那麼多精力同情別人？大家都是要自立自強。他反倒滔滔說了一大串。

「不是這樣，小桐要人家來帶，他一個人老活得不對。」立立竟然這樣回答他。他聽了覺得頗難過的，自己可不就是孤魂野鬼了？想到這裡不甘心，他趕著抓起書包：「我們去看電影吧？」

小桐說過立立功課很好，怪不得一路上都不談考試的事。「談談你的詩吧？」他說。

立立自認還沒有能力寫大一點的題材，沒法兒將古典或太哲學的東西融在一起，只是不至於「離家三步喊鄉愁」就是了。他聽了不過癮，要他吟一首最滿意的。「沒有最滿意的，挑一首別人寫的，我喜歡的好了！」立立有一點不好意思。口語地道白，他聽不出什麼來。

「是余光中的〈風鈴〉。」他果然沒讀過！

他常常去找立立，因為在班上沒人好說話了。聽立立說一些事情，可以拚命地吸收，即使是駁他，亦能情理兼顧。立立還是不放心小桐，這多半是他們爭論的焦點。他不和立立吵，只是靜靜地聽他說完再表示意見：

「他不想用功，誰能幫助他呢？你能幫他考聯考嗎？」他說到這裡，想起立立是甲組的O型人，怎麼會在這裡和他討論起功課來？然而他也不敢開口說些「我覺得……」之類的主觀語，或是某些太文縐縐的感覺。他好不容易從小桐的消極度日中解脫，想看看自己的真面目。

立立的第三首詩，是在他們模擬考成績公布那天才登出來。比前兩首短，他用了點心背下來，想背給立立現現記憶力。

他也倒沉得住氣，一直挨到放學，才去看公布的成績。他找到自己的排名，考得不算好，而小桐卻是更糟。立立是甲組第三名。

「考得好不好？」立立也來看榜，過來拍拍他。

他見立立臉上沒什麼表情，心眼裡便告訴自己少說幾句話，免得沒來由地會吵起來。結果立立的話比他多：「你有沒有事啊？急著回家嗎？去找個地方坐坐好嗎？」

大玻璃窗外，有一些國中女生拙拙純純地在過馬路，小哨子嗶嗶嗶指揮得有聲有色，十字路口生氣蓬勃。他們坐在窗子裡，街景成了一段慢放的影片。

「多好啊，詩也登了，模擬考又是第三名。」他咧了嘴衝立立笑，當真是無邪的。立立瞪他一眼，掏掏掏，掏出一包菸來，他坐在對面，有一種被勒索的感覺，偏過頭去。

端上來兩杯舒乃斯[2]，立立要付帳，他沒有白喝的準備：「怎麼了，心情不好？」自己還加個註腳：「幹嘛？」

立立從唇邊吹出一條煙來，給自己做個屏幕：「你不懂，不要說太多，我們喝完就走。」他當下怔在那兒。

「什麼意思？」他不習慣立立這麼惡形惡狀，向來那人都維持了一定的風度的。立立在的時候他是很少開口，可是即使他聽不懂的東西，他還可以加一句：「你怎

編註2：「小美冰淇淋餐廳」的著名冰品。

麼知道那麼多？」不是教他像白痴一樣坐在那兒。

立立抽完第一根菸，像是隨便問起：「最近小桐怎樣？」

「死了。」他也隨便答。立立諷刺地笑了笑：「你們也吵架了？」他這回根本不理，他雖然暗中觀察小桐，可是他要做小桐的導演，不是配角。

「你們是好朋友。」立立的語氣毫沒有責任感，他一聽反而要護著小桐：「他功課不好，你也不教教他，我是沒救了，可是他——」就差沒說他自甘墮落：「我們不要這樣踢來踢去好不好？」

小桐成了問題，這是他從未料到的，是立立給了他壓力，那人把高度的關切亂丟，卻要別人幫他收。他看見立立的樣子，又於心不忍：「交朋友真的這樣難？」

「我錯了，我不該鋒芒太露，小桐看不慣。」立立把他的寫作叫做出鋒頭，那他在一旁剪報成了什麼？他聽了覺得是自己被罵了：「你怎麼那麼在乎小桐？別人——還有別人，你有很多好處，可能有很多人都等著和你交朋友，你根本不理，還說什麼鋒芒太露——」

立立雙手抱胸，直著眼聽他說。「你知不知道，我這是在巴結你——」他平平靜靜地吐著，立立眨了眨眼：「什麼？」

「讀了你的詩，見了你的人，覺得很多人都不及你，而我自己沒什麼才氣，我不在乎自己被忽視，可是有時候也有這個需要，需要一個比自己高明的朋友。」

立立苦笑了一下，玩著手裡的吸管。他竟然說了這些，自己都覺得吃驚。

「有時也未必是比自己高明。其實每個人都會想做這種事，只是沒有人像你這樣說出來，還用了『巴結』兩個字——」

真是一陣混亂，他簡直也被搞糊塗了，暫時看著窗外。他說了太多，發現自己可憐，每一樣事都要繞圈子，遷延遷延遷延……他不該說的也說了，不如死掉好些。

「其實你人也很好。」立立小心地說道。

好?!

他們走出了冷氣間，外面是那樣熱，站在街口都怕化掉，看到人車來往，好像什麼事也沒有發生過，他開心地說：「明天又是星期六，真好。」

立立沒來得及搭腔，拉了他搶黃燈過街。

「小桐也寫詩，他有沒有給你看過？」立立忽然問道，他搖搖頭。「他寫我們學校的蜻蜓：『是他們拉著陽光，牽牽扯扯，交織了一個夏天。』」

「哦？」他沒有很明確的印象，立立見他那樣子也好笑。

「晚上我要打個電話給小桐。」立立把帽子夾在手上。

「噯，你不要說太久好不好？我九點鐘也要打過去，要他明天帶那本《天狼星》來。」他不看立立，四面八方傳達過來的訊息是熟悉，是年輕，令他無暇他顧，如此而已。

飄在雨中的歌

1

教務主任這些天總穿得西裝筆挺，頭髮梳得油光賊亮，領著一批批大學四年級的學生在校園裡晃來晃去，東瞧瞧西看看。班上同學們這就在哇哇嚷：實習老師要來了，這叫「先參觀，後試教」。學長們早就說過：這些年輕的老師們最和氣，頂好說話，尤其是女老師，上起她們的課真是「如沐春風」！嘖嘖，美著呢！樂得大夥吱吱地笑了好幾天。

從此班上變得十分敏感，動不動就亂成一團……

咱們班上真是夠累了，除了生物的「阿婆」外，一年到頭，大小各科，一律是男老師，誰不希望在這段期間能有幾位女老師光臨？

終於實習課表排定，大家一看，心全涼了——算他課表排得狠，把男老師全堆到我們班上來了！真搞不懂連什麼國文和音樂也會是男老師?!

「怎麼？你們班上沒有女老師來試教啊？哎喲！這叫班運欠佳！」五班的「學

藝」怪聲怪氣地明知故問，我沒好氣地瞪了他一眼，覺得真丟人！

2

英文科的實習老師是個僑生，國語之破，咿咿哇哇沒人聽得懂，偏偏他還滿口洋腔，卻沒有顧慮到本班素以英文程度低落聞名。一節課下來，人人都不知所云。

「其實他長得倒很瀟灑！」阿寶很捧場，老說他眉清目秀，唇紅齒白。還說每天放學的時候，總有兩個實習女老師在門口等他。

「再漂亮也不是個女的！」大呆咬牙切齒地說。他是最盼望能有個女老師的。從國小到國中，他被男老師教怕了。可憐他望穿秋水，就沒等到有女老師要來本班。

「唉唉，『毛公鼎』怎麼還不走？被他教到真不幸。——還要寫他這個什麼鬼作業！」大B甩下他手中歷史作業的「正副本」，索性玩起原子筆來了。他指的是我們一位姓毛的歷史老師。

「你懂不懂得『尊師重道』啊？」我推推他肩膀。人窮極會生瘋的，尤其是對於剛抄完半本習題的他來說，難免語無倫次。

「不得了啦！」跟喊冤似的，只見丁丁氣急敗壞地一路從樓梯口嚷嚷進教室。衝進教室後連一句話也說不出來了。

「找死是不是？」大B拾起桌上的直尺，咚地就朝他屁股射了過去。

「女老師！女老師！」他一面揉著屁股，一面嘀嘀咕咕。結果說來說去還是這兩句，真急死人。

「我是說，班上要有女老師來試教了！」這一驚非同小可，全班各路英雄好漢，頓時全圍了上來。「而且——而且是教歷史呢！」

「哇噻！老天有眼！」大B興奮地叫了起來。

這可不得了，教室裡一時人聲鼎沸，喧鬧非常。恰巧這時有兩個實習女老師挾著歷史課本從走廊經過，全班的注意力又一下子全集中在這兩位女老師身上，變得鴉雀無聲。

「會不會是其中的一個？」不知道誰那麼不識相，竟對著窗口喊了起來。兩位年輕的實習老師莫名其妙地張大了嘴，望著教室內一雙雙盯向窗外的眼睛，不約而同地低下頭，加快了步子。

「啊！希望是那個長頭髮的！」大呆真還呆呆地目送著兩個穿著制服的老師離去。

「都好，都好！」阿寶滿意地從走廊步回教室，連連點頭稱道。誰也不知道他是什麼時候興奮得跑出去的。

3

消息一傳開，立即引起一場軒然大波。問丁丁這情報打哪兒來的，他眉毛一挑一挑，得意洋洋地說道：「我表姊同學的妹妹今年是歷史系四年級，她說她和她的同學要來我們學校試教啊！」

「哦！這樣就知道一定是個女老師啊？搞不好還是個男的！這年頭連家政系也有男的呢！」阿寶語出驚人，大夥聽了無不毛骨悚然，連呼「掃把嘴」。

大家被這個道聽塗說的消息攪得心裡毛毛的，上起課來更不專心了。到底這個實習老師是男是女？是胖是瘦？可有得我們忙了。尤其在上國文課時，小紙條更是滿天飛，急得台上新來的「小男生」臉都紅了：「各位各位，不要這麼激動，我只不過教三個星期，只是你們別讓我畢不了業啊！」這令我想起阿寶有一回傻呵呵地問道：實習老師算不算老師啊？這會兒連我也搞不清了！

就這樣一週又過去了。這一週收穫不少；至少曉得下週五新的歷史老師就要來了，而且「阿婆」也將休息一段時候；外加整潔秩序最後一名，國文競試全班總平均五十八分。這可好，現在上國文課，「老秀才」都要站在門外監視，「小男生」好幾次緊張得粉筆都折斷了。班長特別在班會提出報告：「請不要在上實習老師的課時做別的事，以表對師長尊重之意！」說罷全班都熱烈鼓掌。鼓掌歸鼓掌，一切都毫無改善。

4

「來個醜老師還不如來個男老師！」這種缺德話也只有三班的那個阿飛說得出口。他繪形繪影地描述著他們班上來了一位「無鹽氏」，只要一上她的英文課，全班個個都埋首苦讀，誰也不想抬頭，那副用功樣兒才感動人呢！

偏偏在這個時候，丁丁說他看過咱們新歷史老師的照片了，我們教他不要說，免得傷心。

「是福不是禍，是禍躲不過，怕什麼！」大B開言道。聽著有理，大家都豎起耳朵聽個究竟。

「是……是個男的！」丁丁畏畏縮縮地說了一句，還沒說完，大B就摀住他的嘴：「這種消息有什麼好說的！」

「咦！奇怪——」忽然大呆插嘴說道：「可是我昨天明明看到一個女的抱著本班的作業，跟在『毛公鼎』後面！」

「嘿！對了，昨天我也看到有個女老師和『毛公鼎』在一塊，站在我們教室門口看了老半天！」立即有人搭腔。

「這就是了！一個長長的頭髮高高的——」大呆很欣喜地眨動著眼睛。

「不對，是短短的頭髮，戴眼鏡！」

廢話了半天，一下子又陷入五里霧中。大家都覺得掃興得很。

儘管全班如此憂心忡忡，還不乏外人熱心提供線索，可是這個答案終不得解，誰也沒這個膽上教務處打聽打聽。

所以當週四最後一堂課，人人都交頭接耳起來：「明天就是星期五！」「實習老師明天就要來了！」真是令人振奮的消息。可是正在這個當口——

「各位同學注意——」班頭在放學前十分鐘跳上講台：「教務處通知，明天的歷史和下週三的體育課對調！」

5

英文課雖然換上了實習老師，可是無聊程度有過之而無不及。那個港仔老師老愛吹牛，吹的是他在香港多有趣，所以課程進度很慢。尤其禮拜五第一堂課就是他老兄上場，更是枯燥。今天教到一半，他又「蓋」上了：「英文書院女孩很多，很漂亮——」結果不知哪個傢伙喊了一聲：「丟[1]！」

第二節數學，也是新老師，老老實實，穿得整整齊齊，架了副厚眼鏡。這位大兄卻又熱心過度，講課像賽跑，內容又多，講得又快，算式抄滿一黑板，好像恨不得一下子要把自己所知道的全說出來才爽，所以一堂課下來，人人都昏頭搭腦，不知東西南北向了。

換好運動服裝，由康樂股長整理好隊伍，像趕鴨子一樣帶隊前往操場。一路上

編註1：廣東話罵人語。

吱吱喳喳，剛到達了樓梯口，這時忽然有一位女老師從隊中借道而過。

「快看！快看！」大家都把眼睛瞪得好圓，像發現新大陸似的。怪不得！這位實習老師真漂亮，白白的瓜子臉不說，頭髮又黑又亮，髮尾還微微燙得一波一波的。尤其是那雙眸子，就是它們最美，像是白水銀裡養了兩丸黑水銀，亮汪汪的。她匆忙地從人群中走過，把大夥兒全愣在那兒了。

「哎，你們——」康樂股長很不高興：「都上課五分鐘了，你們還賴在這兒幹嘛？看什麼看，有什麼好看的？」

「看哪！」

有人驚叫了一聲：「那位美麗的女老師，怎麼走進咱們教室了？」

這不得了，這時如千軍萬馬，怒不可遏地直奔教室。果然一進門就看見「她」站在講台上，驚愕地望著我們這一群愣小子：「你們這節不是歷史嗎？」

「老師，不是調課了嗎？」有人反問她。

「哎呀！」她一下臉全紅了起來，急急翻出課表，羞答答地垂下頭：「對了，對了！我忘記了，真對不起——」

「老師，您——您就是我們的歷史實習老師？」大呆還不太相信自己的眼睛，傻呼呼地問道。

「喔，是的，我姓吳，吳正怡。」說著還在空氣中比劃了半天。正怡？好聽又好記，同學之間有人偷笑了起來。

「老師，您等一下！」我從她腳邊撿起了她剛剛不小心遺落的課表，遞了過去，我瞧見她臉紅得更厲害了，不住地搖頭，像是在對自己說話似地直說「謝謝」，一面還翻翻我夾克上的姓名：「這位林同學，謝謝你啊！」

我們的體育課因此遲到了二十分鐘，「老虎」罰我們跑操場五圈，跑得大夥兒灰頭土臉。然而在這種「力竭汗喘，殆欲斃然」的情況下，大B卻還能興致勃勃地自語：「以後歷史課可要專心聽講囉！」好像還可以再跑五圈似的。

6

「告訴你們是女老師，你們還不相信！」大呆總要把這件事掛在嘴上，好像全是他的功勞一樣。

「得啦，不想想你自己見到吳老師時是個什麼德行！」班頭脖子伸得長長地和大呆抬起槓來。

說著說著，忽然看見大B抱了三大本可以壓死人的巨書衝了進來。「你手裡拿的是什麼？」我問。

他只顧低著頭不知寫什麼，沒頭沒腦地就把書塞了過來。我接來一瞧，乖乖！《史記》一大冊。「發瘋了？你要考社會組嗎？」我把書遞了回去問道。

他好像完全沒聽到我的話，神裡神經地叫了一聲：「哎呀！《資治通鑑》忘了借！」說著又要往門外走。阿寶一把將他「提」進來：「你算那棵蔥，也配看《史記》？」

「這是將來要和老師共同研究的！」他說得理直氣壯，緊緊抱住那三本書，好像滿有那麼回事。

「這樣不道德！如果她不會，她不就要在講台上出醜了嗎？這——這太可怕了！」大呆在一旁聽了直吐舌頭，心疼地抗議起來。

「我又不是在課堂上考她。這是要在『課餘時間』和她切磋切磋的！」

「啊，好一個『課餘時間』，虧你說得出口——欠揍哦！」大家一哄而上，不分青紅皂白地就將他按倒在地上，一陣拳打腳踢。只見大B兩條長腿又蹬又踢，口裡嗚哩哇啦叫個沒停：「嘿！你們——你們還真敢動手……哎喲，痛死啦！你們當心，下禮拜三她來的時候，我要控告你們妨礙學術研究，你們——誰也別想及格！」

距下週三，足足還有四天的準備時間，可以給她一個熱烈的歡迎。為這個問題，全班不知鬧哄哄了多久，還真有得忙的。但是不久我們又發現一個新問題，就是這完全是自己班上瞎樂和，實在有點不太對勁。這麼風光的事，怎麼可以不為外人所知呢？

今早有個「鳥人」在教室門口看本班的功課表，誰也沒睬他。誰知道看到一半他忽然咯咯咯笑了起來：「看哪，這班『清一色，全帶么』吔！」

「你——進來進來！」

丁丁和阿寶站在教室裡朝他招手：「你剛才說什麼？」

「沒——有。」鳥人縮頭縮腦不吭氣，死命地搖頭。

「你好好聽著，從這禮拜三開始，全校最漂亮的女老師就在咱們班上。你敢再說一句『清一色』，我就讓你『斷么缺一門』！」阿寶一手扠著腰，著著實實把那個鳥人教訓了一頓。鳥人眼睛眨眨，翅膀歪歪，一下子就溜走了。

「竟然還敢有人取笑本班！」有人怒氣沖沖地表示憤慨。前幾天隔壁班那個阿飛端了個空便當來我們班上打游擊，一邊吃也一邊念著：「哎！真可憐，一班的大和尚、小和尚。」

「就是嘛！我們總得有些什麼宣傳攻勢吧？」有人忿忿地提議道。宣傳攻勢？這一點都不難。就在當天下午的班會時間，導師的前腳剛踏出教室，大呆的後腳已經蹬上講台了：

「各位同學，為了使別班不再以『和尚班』相稱，小弟我在這裡，特別改編了一首歌曲，希望這首歌曲能廣泛流傳於民間，在我們的新歷史老師光臨之前，讓別班都能對本班既羨慕又嫉妒！」說完他清清嗓子就唱了起來：

歷史老師，歷史老師，

真美麗，真美麗，

一個說她十七，一個說她十八，

真奇怪，真奇怪！歷史老——

「噓！真丟臉，這什麼跟什麼嘛？好了好了，下來下來！」大呆還意猶未盡，就被趕下台。我說大呆呆頭呆腦，做得出什麼好歌嘛！不成體統。

「別急，小弟我這兒也有一首。」一片嘈雜聲中，大B一跳一跳也上了台，顧不得大家的反對，逕自唱了起來：「啦啦啦啦……」

「夠了，快滾下來！」又有人在開汽水瓶。

「我還沒開始呢，你急什麼你?!」大B朝那個傢伙橫了橫眼睛，繼續哼下去：

小小的一陣風呀，慢慢地走過來；

請你嘛收收心呀，快進教室來。

因為這節是歷史呀，我才會走進來；

原來嘛你也愛歷史，才進教室來。

全班聽得都頗有深得吾心之感，連歌曲終了都不曉得。

「還愣在那兒幹嘛？還不快去『打歌』！」大B站在台上發號施令起來。對！打歌。在走廊也要唱，車站也要唱，一號也不例外——為我們的新老師！

7

禮拜三！

講桌是新抹過的，黑板是才擦過的，全班的制服也都是新換過的。可是大家萬萬想不到——歷史老師竟然還是舊的！

「老師，老師呢？」大呆最心急，顛三倒四地對「毛公鼎」比手畫腳的叫著。

「什麼老師？我不是在這兒嗎？」「毛公鼎」真好意思，一腳就踏在原本我們為吳老師準備的專用座椅上。

「實習老師啊！」全班雷動地呼出來。

「喔——」跟拉警報一樣，「毛公鼎」摸著下巴長嘆了一聲：「你們是說那位姓吳的女孩子呀？她不會來了。」

我敢說全班每個人的眼前絕對一陣烏黑，金星亂冒。「那位吳老師是這樣的。她們班上有位同學家裡出了點事，所以請了假。她呢，就代替那位同學，編入另一組，列入××女中實習去了。至於我呢，反正我閒著也是閒著……」

誰也沒心情聽他一個人反反覆覆在自語些什麼，每個人都傻傻地張大了嘴，受驚過度地大眼瞪小眼，一句話也說不出來。

整個教室有史以來從沒有這麼安靜過。

8

「老師不要動，笑一笑——要照囉！」

鎂光燈啪地一閃，亮得大家都迷迷糊糊地。阿寶端著個照相機，興致盎然地叫道：

「老師，再一張！」

「小男生」笑著搖搖頭：「不照了，不照了。你們看天氣陰陰的，像是快要下雨了；你們也快回教室，馬上就要上課了！」說著還拍拍周圍和他合照的同學肩膀。

不僅我們這一班，還有不少的學生也一小群一小群地纏著他們的實習老師不肯離去。圖書館大門樓梯口，揚起了一陣歡呼，有一班學生正鼓掌歡送他們的老師。

「老師，以後我們班上辦郊遊，你一定要來哦！」有人湊到「小男生」跟前，熱烈說道。班上的傢伙們也全圍了上來。

「小男生」笑咪咪地：「一定，一定！」

「我們還會去『貴校』找你打球的哦！」

「你沒課的時候，可以常回來看看啊！」同學們的聲音此起彼落，「小男生」顯然是受到了感動：「我一定會的，你們對老師這麼好……」他還是和第一次來班上一樣，動不動就臉紅，這次連眼眶都紅了。

「嗳！老師，不要太傷心，『柳暗花明又一村』，『西出陽關無故人』啊！」大B忽然冒出這麼句可笑的話來，真是沒程度。「小男生」拉拉大B的手：「沒事多看書，不要沒大沒小的！」

「誰說的！」大B還在耍貧嘴，惹得大夥都笑不可抑。

上課鐘一聲一聲催了起來，「小男生」看看錶，說他還有一堂課。在大家的「再會」聲中，人群在小操場上散了。

「老師，省點眼淚！」丁丁朝風裡喊著，只看見老師向他招招手。

雲一朵追著一朵，眼看著早上的豔陽天，一下子全被抹得烏灰一片。同學們卻一點也不急，還在校園裡慢慢逛，教官的哨子在身後嗶嗶響起。

「實習老師都走光了！嘿，想想上『小男生』的課，還真有意思！」阿寶收起他的寶貝相機：「前幾天照的洗出來了。你怎麼閉著眼睛？亂破壞畫面的！」

我沒有搭腔。雲走得更急了，一層壓著一層，好像永遠落不下來似的。兩個穿著制服的實習老師從我們身邊走過，我無聊地哼起歌來了。

「真難聽，閉嘴！」阿寶不以為然地喝道，隨即又像是想到了什麼似的，猛然抓住我：「你剛才唱的那首歌——」

「原來嘛你也愛歷史，才進教室來！」我喃喃地重複了一遍。

「對了！就是這首歌，我說怎麼昨天看照片時覺得少了什麼。就是害我們白忙一陣的那個吳老師！」阿寶像是剛背熟一課書的小學生，興奮地嚷了起來。

「嗯嗯，那個很漂亮的！」我不經心地說道。

雨，終於稀里嘩啦灌了下來。

知否

早上睜開眼睛，才發現自己一個人躺在空蕩蕩的宿舍裡，很遠很遠的地方還可聽到清脆的爆竹聲——究竟還是在過年呵！

這回是媽堅持要北上陪我過年的，因為怕我車票不好買，來來回回耽誤功課。而我們初四就要開學，昨天送媽到車站，她沒說什麼，只和我聊聊家裡的事。算一算我可是快六個月沒回去看過了，爸媽只求我能考上個好大學，凡事都教我忍著些，這個道理我是懂得的，因此也沒敢和媽叫苦，聊著聊著，媽忽然說到了毛莉的身上。

最近收音機裡放的都是她的歌，可是在這兒都沒人知道我和她是從小一塊長大的，她臉上有幾顆雀斑我都數得出。媽告訴我她是什麼民歌比賽得了獎，然後就灌起唱片了。對這些事我沒什麼概念，只是她的歌在室友之間也是一天要唱好幾遍，聽了真教人分心。我想她是不打算升學了吧？當初她就曾說過：「你考北聯就一定會上建中嗎？念私立中學要住校，那種日子我才不要過！」果真不幸被她言中，想我每天守著書，半夜爬起來，摸了手電筒也讀，而她不知是怎麼個瀟灑法呢！毛毛的音樂天才是有的，學了七年鋼琴，高興起來便邊彈邊唱給我聽。可是她念起書來少一根筋，任我一遍一遍講解，她總是一副要哭的樣子。毛媽媽老說：「不指望她囉，反正有你們仔仔，將來我們毛毛做個好媳婦是沒有問題的，咱們就這麼說定了吧！」

哎，那真是好久好久以前的事了。

✧

哈！今天收到聽眾的信，問我是不是真的十八，怎麼聲音這麼「成熟」？大家都這麼說呀！張小玉就說她表哥以為我是個飽經風霜的女人呢！沒想到一首歌的效果這麼大。的確整張唱片六位歌手裡，就屬我最風光了，每次作宣傳，海報上都是：「毛莉——來自南台灣陽光下的歌聲」、「能歌能曲能詞——毛莉的〈我在這裡〉帶來校園歌曲新境界」……起初看了頗不習慣，現在本人已經麻木。

說起這首歌真是古老，那是在隔壁的仔仔去台北念書後寫的，我沒對旁人提過。大概那時候感情太優裕了，見了花兒呀草兒的都要譜個曲。當然要不是和仔仔有那麼深厚的感情基礎，我也不會寫出這首〈我在這裡〉。只不過歌詞裡我把他形容成一個英挺豪邁、懷抱著理想去了台北的童年伴侶——天知道徐媽媽是怎麼連哄帶騙把他留在台北的。

最近接了仔仔好幾封信沒回，實在是太忙，忙得連學校都得請假。反正我們那個破學校也不在乎，還樂得到處說我是他們的學生，這些都是小事啦！不過看了仔仔的信實在令人不舒服，他好像要死掉了叫苦連天，還剩半學期考個聯考就沒事了，緊張得好像要他的命一樣。我快有一年沒見著他了，上回他暑假匆匆回高雄，正巧我去台北灌唱片，兩個人就這麼錯過啦。結果爸怎麼說？他說：「嗳，毛毛啊，妳現在有多高啊？」我說暫時是一六七。「那徐家仔仔在我身邊一站，我看他只有——嗯，不樂觀，比妳要矮一些。」爸爸常說「男長二十，女長十八」，我想仔仔就是太緊張了。聽說還瘦得一把骨頭呢！

我今年又長了三公分，不知仔仔有沒有長高一些？

今天學校量身高體重，沒想到我還是一六五，想起媽買給我的增高器，我始終沒有勇氣拿出來一試，心想那都是騙人的玩意兒。

毛毛來信直教我別緊張，讀著信真覺寬心不少。我和他們家做了十幾年鄰居，進進出出從不見外。我們倆倒也滿投機的，住在同一排宿舍，爸和毛伯伯還在同一單位，我們倆常常放了學就去找大人玩，讓他們帶著我們吃喝一頓。如果這回是爸付的帳，下次毛伯伯一定回請，我們在中間坐收漁翁之利。毛媽媽最愛開玩笑，常說我和毛毛是一對兒，當時不太懂，結果大人可是愈說愈真，後來都是毛毛來找我，我不好意思主動去找她玩，想想真的有點神經過敏。別看我們班上的江湖好漢不少，在這方面我可是資格最老。

✧

今天很高興，晚上不打算起來挑燈夜讀了，我的近視正急速增加。

我又要灌第二張唱片了。其實我也知道唱片公司是在利用我們，本錢小利潤大，在一片民歌不景氣聲中，我們是一群佼佼者。

我們六位歌手現在自名為「紅皮樂章」，推台大的那個叫鄭維的做隊長，免得被唱片公司控制。鄭維的辦法多，他認識好多西餐廳，可以去駐唱賺外快，我身在高雄，當然只有空閒時才能去玩玩了。

最近幾次到台北都是匆匆來去，當然也沒空去看仔仔。不看也罷，我現在怕死他了，每封信都和小孩子一樣要人哄，真真真受不了。記得我以前一直當他是大哥哥的，因為他總是衣冠整潔，教我數學時耐性之好，打心眼裡要叫他一聲「仔仔老師」。

哎——現在……看我何時給他開開竅。

✧

怎麼辦？我模擬考考砸了，一定是我讀得不夠多，聽說大寶讀了三遍。對了，一定是這樣，否則怎麼會考不好。而他竟然還騙我沒看完呢！

週日宿舍裡只有我和胖子留了下來，剛考完模擬考，他們去看電影了。為了模擬考，我連春假都沒回去，如今面對了一桌的書，真覺得它們面目可憎。其實胖子更可憐，有一幫人平常專瞎胡鬧，胖子也跟他們玩得好開心，可是不想一想他們回到宿舍是看書，而他總是在睡覺。

胖子拿出一捲新錄音帶，我一看盒上是毛毛，梳著捲捲翹翹的頭髮，側著臉在笑。瘦了，差點認不出，可是我知道她還是毛毛。胖子念了段歌詞給我聽：「如果我將離鄉／你是我唯一的歇腳地方／蓋你高高身影／枕你細細歌唱……」有這麼好的地方嗎？我聽著也開心地笑了。

晚上收到媽寄來的包裹，跳繩一綑魚肝油一瓶，臨到睡前跳了三十下便殆然欲斃。算了，人家說上了成功嶺也許會長高一些。

✧

下個月我要搬到台北去了，媽媽陪我找了間房，我每天可以在××商職念書，晚上可以在「亞瑟王」唱唱歌。鄭維這傢伙真糟糕，沒和我商量就拿了我做招牌，現在人家已經把廣告做出來了，鄭維說：「妳不來，『紅皮樂章』全上不了場。」真教我騎虎難下。

有一件事才絕，去以前媽和仔仔他爸吵了一架。大概是因為仔仔他爸聽說我要去台北，有心沒心說是不要去打擾仔仔，他還有一個多月要聯考了。媽一聽火大，豁地站起來說道：「我們家毛毛也沒那麼多閒工夫。不過你可以和你們家仔仔說，教他有空多念點書，不要寫一些唉聲嘆氣的東西給毛毛看！」我才知道媽常偷看我的信，老天！

其實自從仔仔去了台北以後，兩家的關係當然沒有從前那麼密切，可是也不至於這樣惡劣。仔仔心裡苦大概不假，可是我也不喜歡男孩子這樣沒有主見，升學是他自己願意的，別人能受，他為什麼不能受？希望他好好活著吧，我當然也不會去打擾他。我十二萬分希望他考上台大。

最近日子忙得糊裡糊塗，簡直不知在搞些什麼鬼？鋼琴也不彈了，學校也沒去了。

✧

我只剩下五十天，便要面臨最大的考驗了。我這個人考運實在不好，大考小考，總是要差那麼幾分。這令我想起毛毛，她的考運一直不錯，一點數學概念都沒有的人，竟然數學從來沒被當過。

前一陣子心一煩便想著給她寫封信，純粹發洩，如今竟連這點時間都擠不出來。我想我現在是瘦了，衣服都變得寬大起來。媽若是知道了定又要狠狠數落，再寄一些亂七八糟的東西。其實大家都差不多，胖子現在每天晚上會爬起來看書了，眼看著他也苗條不少。

倒是最近不常聽到他們放毛毛的歌，大家都沒心情了吧？有人告訴我她現在在台北演唱，這消息還沒獲得家裡的證實。演唱該是有錢可賺，不像我花家裡的錢花得像流水，不知不覺便是十幾萬，若不上大學再補習一年，那可吃不消。奇怪的是近日一提及聯考，反倒在我心底便勾起了一種明朗的感覺，好像過了這一關便是一片新氣象了！知道這是傻話，我依舊是很緊張的，可是我相信，五十天以後，我便可以和這階段告別，重新開始另一種生活。當然，我要趕緊回家去，這一年想家想得心都痛了！

還有毛毛，她現在到底是怎麼樣了呢？

仔仔：

不想打擾你，所以一直沒和你寫信。我現在身在台北，在一家叫「亞瑟王」的Club演唱，你大概不知道這裡。來台北快一個月了，白天上上課，晚上唱唱歌，日子竟就這樣過去了。

說起來每天還算滿忙的，不下於你。可是你忙得有個目標，我至今沒什麼感覺。有時對自己說這就是我的生活了，還有點不太相信。並不是在後悔，只是有點疲倦，因為和理想有了一段差距。我每天要面對好多人，有時還有他們傳上來點歌的紙條，可是就是不想唱下去，我喜歡唱歌，唱自己的歌，唱給欣賞自己的人聽。（問一句，你聽我的歌嗎？）

我們這一個小 group 裡，來來去去好多人了，我已算是老將。最近補進來一個小鬼叫「阿邱」，十七歲吉他彈得那麼好，竟有後浪推前浪之感。無意間知道他和你同校呢！只不過不認識你。他說他在校外兼差，所以被學校開除了。見他滿不在乎的樣子很鮮，卻不太懂他的想法。你呢，你知道你每天在幹什麼嗎？我知道你還剩四十八天，已經不是你東想西想的時候了。

有一陣子，看到你的來信覺得太消沉，前幾天翻一翻，心裡忽然難過起來。我總算發現這三年來最可貴的東西是什麼，是你的絲毫未有改變，你或許不曾覺得，今天我才體會到你那一顆愛護我的心，你沒有很多的要求，卻一直要求自己對你的父母，你的兄弟，甚至對我付出自己最真誠的一面。相反的我覺得自己現在已成為了一個非常粗略的模子，在和過去的我做摩擦，很傻？不是嗎？

想起來北上的時候，我們坐國光號走高速公路，平平直直，一種很滿足的感覺，其實日子正在走著，也是教人覺得很開心的，因為我們每個人都在忙著，誰也不能衡量我們這一趟路程收穫如何，至少還可以無休止地走下去，（我是想給你打打氣，沒想到語氣這麼沉重！）仔仔，你以為呢？

媽在台北很寂寞，大約暑假我也會回去看看，媽也很想你。怕到時候你已是又高又壯，我都不認得了。到底我們快一年半沒見了吧？　祝

天真活潑！

毛毛

最後一次初戀

1

國中時的唐瑞，坐班上第三個，微胖，戴著一副二百多度的近視眼鏡，白襯衫藍短褲，比較與眾不同的是底下一雙及膝長統白襪。照理說是不合生活管理組的規定，可是要管還管不到他頭上來。打群架的、偷竊的、爬牆的、蹺課的……放牛班的問題才叫嚴重，他在升學班上，功課又是全校數一數二的好，因此有了這麼點小小的特權。穿著白長襪，是他小學時參加合唱團的打扮，他覺得非常神氣，一直到國中還是如此。

他們學校是男女分班的，男生班全在靠操場的一棟樓裡，女生班在操場另一頭，體育館後面。他們班上的男生多半都戴了眼鏡，有時候一排人站在走廊上，俯看放牛班的女孩子手勾著手，迢迢從操場那邊過來。下課十分鐘，她們也不怕麻煩，就是愛過來招搖一番。樓上和樓下的男生班和她們臭味很是相投，又是口哨，又是粗話，她們偶爾也扯起嗓子和對方打打情、罵罵俏。只有他們二樓夾在中間的全是好班，一邊安安靜靜地觀看，誰也不知道彼此在想些什麼。只有一次，他們班的班長阿江和他勾著肩，也站在走廊上湊興，忽然就冒出一句：「哇，真騷！」說完自己都微微臉紅。

他們班導是一個非常嚴厲的女老師，學校裡的老牌升學名師，她的班上年年成績斐然。據說她最恨學生在國中就想談戀愛，又聽說她曾經結過婚又離了，可是有人猜她是個老處女，班上沒有人不怕她的。

唐瑞一直很本分，品學兼優是對他最好的形容詞。可是在他看來，那樣呆板的四個字，活脫就像夾在參考書堆裡的幾紙獎狀，十年二十年後，還能說明什麼呢？教他很厭煩。他反倒喜歡一些評語像：「上課不專心」之類的，常帶給他一種愉悅、溫暖的遐想——課堂外遠遠有人在說話，操場那頭捲來一陣風沙，某某人在偷看別的書，下堂是音樂課……也許老師當他完全不注意這些事的，而且壓根認為全是些不重要的事。

唐瑞對周圍的事始終有一份敏感，天生的無法抹殺。他喜歡注意班上同學的小動作，老師們不同的表情，四季的顏色……有一天，他注意到一個女孩子，她名叫林莉雯。

她也是升學班的，每學期的期中考、學期總平均，她和他總在全校前十名之列。像是約會一般，每隔一段日子，他們便會在朝會的頒獎典禮上碰面。

林莉雯不像其他幾個領獎的女生，藍裙穿得長過膝下五公分，走起路來像拖了個燈罩，齊耳的西瓜皮，規規矩矩中分後兩側用髮夾夾起，表情有些呆滯，典型升學主義下的產物。

林莉雯全不。她生得高𨈆，合身的制服包不住她的骨肉亭勻，完全是一個女子了。看東西時常微瞇著眼，想必是因為近視，偏不愛戴眼鏡，可是這又成了一番女性的溫柔，連帶臉上矇矇朧朧浮了一層笑意，對什麼事都極有興趣的樣子。

她愛笑，每次頒獎前他們早十分鐘到禮堂集合，等待時就常聽見她細細的笑聲在空氣裡摩擦著，彷彿極不真實。有一回她和身邊的女同學不知道正說著什麼有趣的事，笑得十分開懷，忽然發覺唐瑞正在看自己，可是臉上的笑一時煞不住，她突地就比了個槍的手勢對準他：「哈哈，唐瑞！」

唐瑞也趕緊摸著胸口，假裝中彈。哈哈，唐瑞……

他覺得自己很喜歡她。

一直到了國三，有個週末下午，他們班忽然決定約林莉雯她們六班的女生去看電影。

聽起來是相當刺激的，可是唐瑞臨時怯場，怕被他們的班導抓到不得了。男生女生結夥這樣搞太明目張膽，實在是冒險，而且又是去看那麼賣座的文藝片，搞不好在戲院裡就和老女人碰個正著！

結果禮拜一回到學校，才知道他們安全闖關！電影也很好看，而且，林莉雯也去了！

那邊就是她領的頭，還問起：「咦，你們班的唐瑞呢？」

阿江實情以告：「他怕被抓啦，嘻嘻。」

唐瑞聽說這樣，羞憤得差點就要獨闖禁地，當面告訴她，他不是膽小，他只是……只是不知道她會去！

沒有解釋的機會，他不敢再見她。

而畢業的氣氛漸漸濃了，大家都開始傳遞畢業紀念冊，彼此留言勸勉，傳來傳去，也仍是自己班上五十四個男生的事。「唐瑞兄，祝鵬程萬里！」「小唐，祝永遠健康快樂！」簡單明瞭。而唐瑞一直將他冊子上的首頁空在那兒，還沒人寫，同學們還以為他要留給班導呢。

不是那麼回事——唐瑞每次見到那頁空白，只有微微覺得惆悵。

班導信任他是不爭的事實，連每日複習考的排定都交由他全權處理。他們向外頭出版社買的現成考卷，國英數理化史地生物健教公民……樣樣俱全，他家裡堆得滿坑滿谷，密封了的試卷。還剩幾個月了，幾乎每天都安排了三、四科的複習考，考得大家苦不堪言。

那一天國英數理化排了個大滿堂，很多人都來不及準備，甚至就放棄其中某科。國文只是背誦功夫而已，雖是班導的科目，可是全班有一半的人都沒念。中午吃便當的時候，有人開始煽動，不想考國文了。

「小唐，做做好事，我們感激不盡啦！」

「我們會好好報答你喲！」

「你要什麼，我們一定替你做到！」

忽然他覺得被通了電一般，想出了一個交易條件：

「幫我把紀念冊交到六班林莉雯手上！」

大家才恍然大悟誰是首頁空白的主人。班上幾個較調皮的同學一聽非常新鮮刺激，而且浪漫，都自願效命，做一個拯救百姓於水深火熱的英雄。趁著吃便當時間，東西已經偷運進了操場那頭，放學前收拾書包的混亂空檔，東西又回來了，神不知鬼不覺。唐瑞看到冊子，連氣都快喘不過來了：

唐瑞同學：

幾次頒獎台上相見，轉眼竟已是驪歌初動時節。你我雖未同窗，可是非常仰慕你的才華。希望你能好好善用你的聰明才智，創造自己的一番前程，並預祝金榜題名！

林莉雯上

接踵而來的，是第二天班導沒見到國文的成績，暴跳如雷，把唐瑞訓了一頓，她還沒想到根本沒考。唐瑞當下決定回去之後做一份假成績，搪塞過去就算了，每天都考好幾科，過了也就沒人記得了。可是下午他們體育課的時候，班導把每個人的書包都搜了一遍，搜出的東西共計王老二的菸半包，陳萬山的撲克牌一副，班費偷偷購置的公物——《楚留香》一套，以及唐瑞的紀念冊和未拆封的國文複習考卷。

班導直接就找了六班的導師談話。

就在辦公室裡，唐瑞去送作業，看見那兩個女老師在那兒嘀嘀咕咕，像是發生了天大的事。他的紀念冊攤在六班導師的桌上，被風吹到了後面的空白處，刷刷翻著。六班導師向他瞟了一眼，覺得他不可思議似的。

他紅著臉趕緊退了出來，一出門，撞見一個人，是林莉雯。

他張口想說什麼，林莉雯只是看著他，下巴微微抬高，不在乎的樣子。他倆四目接觸的剎那，裡面有人喊：

「你們兩個都進來！」

問題已經複雜到兩個老師的私人恩怨了，六班的導師當著唐瑞和他班導的面，任意地刮林莉雯，帶著嘲諷和一絲忿恨，是在做給人家看：

「噢，人家要妳簽妳就簽？妳有沒有大腦啊？在路上人家要妳跟他走，妳就走啦？妳個女孩子家怎麼這麼隨隨便便？還是他同學拿來的，又沒看到本人，妳怎麼知道不是個惡作劇，啊？說話！」

林莉雯受不住，終於哭了起來。

「唐瑞，你鬼迷心竅了你，敢給我作這種怪！」是他們班導的聲音，毒辣辣地劈了下來。

所有金童玉女的故事，都在那一刻間被砸得粉碎了！

唐瑞的意識漸漸模糊起來，感覺辦公室裡的人來人往，都在看他們倆，他們一定不懂得是怎麼回事……他好像也不太懂。他很想看看旁邊的林莉雯，說一句「對不起」，可是這已經完全不可能了，他只有死命咬住自己的下唇。緊閉起眼，讓淚在裡面兀自洶湧著。

他在心底一遍遍說著：你就要長大了，你會補償她的！你就要長大了……

時間的確是一天天飛快過去，緊接著就畢業、聯考、高中放榜。他所知道林莉雯最後一點消息，就是她高中聯考失常，結果念了五專。

兩人雖然沒再見過面，可是唐瑞不能忘記自己曾經為了一個女孩，犯下那麼大一樁「案子」。老同學碰在一塊兒時，有人還拿來當作笑談——光剩下一種啼笑皆非，不是那麼遺憾了。

也許根本也算不上真正的愛情吧？唐瑞以為就算和她有機會再見面，他也不至於感到難以為情，畢竟大家當時年紀小，誰能以對方的「初戀情人」自居呢？

2

高三那年，唐瑞他們班上流行著一首〈Good-bye, Girl〉，《再見女郎》[1]那部電影的主題曲。學校裡有次週末電影欣賞放了這部片子，不少人有感而發，回到班上成天沒事就愛學片尾那個懶洋洋的男聲唱著：「Good-bye doesn't mean forever……」事實上這支歌在班上走紅有它的「時代背景」——高三非常時期，多少青年男女的感情都遭到嚴重的考驗！即使唐瑞這種孤家寡人，平日也不太聽西洋歌曲的，聽到同學的歌聲，也不免感到惻惻。

他總愛聽他們同學說起怎樣和女孩互期互勉，或是「待從頭收拾舊山河」，或是「此情可待成追憶」，都充滿了一種高三人自立自強的趣味。他們的收場詞往往

編註1：《再見女郎》（*Good-bye, Girl*），一九七七年上映的美國愛情喜劇片。由赫伯特羅斯（Herbert Ross）執導，李察德雷福斯（Richard Dreyfuss）、瑪莎曼森（Marsha Mason）主演。主題曲〈Good-bye,Girl〉由大衛蓋茲（David Gates）擔任主唱。

都是：「……哎，你是不會懂的啦！」雖然自尊心小小有些受損，可是唐瑞看見對方臉上那種大丈夫的表情，一方面為他們高興，一方面也感到新鮮。

唐瑞國小、國中到高中，一直是男生班上來的，他對自己在女孩子面前的形象問題一直不太確定。他已經不是當年那個戴眼鏡、微胖、穿白長襪的男孩了，有人曾經分析過他應該是一副有女孩兒緣的長相：眉眼生得機智有個性，到了嘴的部分，常是一股愛笑不笑的神氣，笑開了才露出一顆小虎牙，又帶了點寶氣，雖然不是高大俊拔，可是也予人靈活敏捷的印象……一路看下去，很教人尋味。

高一高二都把時間投在辯論社裡，南征北討，還要顧及功課，也很少往「那方面」去想。倒是各校際幾十場辯論打下來，也結識不少伶牙俐齒的女子，都不是他喜歡的典型，一見面始終在賣弄彼此的口才，十分乏味。另外就是一些觀眾席上的女學生，還真有大膽些的，不相識也在賽後來與他說話，可是到底不能忘記他在台上口下不留情的冷峻，講沒幾句自己的氣就先弱了，只得紅著臉草草收場。這種經驗教唐瑞也臉紅，他萬萬沒想到自己會是個教小女生不敢接近的惡相。

看似成熟的唐瑞，私底下仍稚氣得厲害，只有上了演講辯論的台上，才讓人覺得他的老到練達，一般人還真難以想像他會是他們辯論社的台柱之一，學校裡每逢接待訪問、演講座談，也要派他上場。即使到了高三退休年齡，他也常常接到緊急命令，披掛上陣。

就拿那次某大報舉行有關大專聯考改革的座談會來說，唐瑞就是臨危受命的。那日除了學者專家列席之外，再來就是當事的高中生代表，唐瑞逮到機會，將平日同學間的討論一吐為快，說得振振有詞。次日連紀錄帶他的照片上了第三版，照片上的他就是那副演講時愛笑不笑的德行，真個雄姿英發，也讓他小小出了點名。走在校園裡，背後都會有人指指點點——就是他，在報上蓋得天花亂墜的那個！

然後他陸陸續續收到一些外面的來信，有的是訓導處轉，有的不知怎麼還弄到他的住址，教他覺得有點恐怖。其中當然是以女學生占的比率多了那麼一點點，有的是真的寫了一些意見同他討論的，有的乾脆就說想約他出來見見面，交個朋友。

這讓他想起公車上常會見到的，寫在椅背上惡作劇塗鴉：「徵馬子，請電七三二〇×××……」他們班有個上官明點子最多，聽說有這種事，借他的信去看，一副還羨慕得不得了的樣子。唐瑞不可能有時間去回那些信，過了一段時候，也沒再把那些信放在心上。

一個週末的下午，他和許多同學留在教室裡溫書，忽然坐門口的同學通報道：「唐瑞，有人找你！」

還是個女的，他從未見過，上官明扯扯他的袖子：「馬子？」他不理會，禮貌地站起身來：「我是唐瑞，請問妳是——？」

「我是佘芷玲。」

她來找他，是因為她已經和一個署名「唐瑞」的通信快兩個月了。當然那些信不是唐瑞寫的，上官明也是第一次見到這個女孩，囁囁嚅嚅湊在唐瑞旁邊，不敢坦認罪行，可是唐瑞已經知道是怎麼一回事了。

他本想一個轉身撲過去把上官明按倒在地上痛毆一頓。可是那女孩又說了：

「我是佘芷玲，我能和你，和你談談嗎？」

唐瑞點點頭，可是腦裡完全空白，談什麼呢？他連她的名字是哪幾個字都不曉得！他領著對方走出了教室，經過一條鋪滿陽光的走廊，來到樓下的木麻黃林，請她在涼椅上坐下。這兒緊鄰大操場，有很多同學在打球、在跑步，高高藍藍的天空下，一陣陣沙土捲起，教人咳然。

他毅然決定告訴女孩實情：「同學，那些信不是——不是我寫的。是我們班的上官明，他借我的信去看，結果——」

女孩一聽彈了起來，他想她也許要給他一巴掌什麼的，緊皺起眉，可是兩人僵持了好久，女孩的臉脹紅了，緊緊咬住下唇，從齒縫裡嘶嘶逼出一句話：「是惡作劇嗎？」

「我真的不知道！我……」

女孩子轉身就要離去，唐瑞不知道自己為什麼當下又要將她攔住。他抓住女孩的胳臂，卻仍然不知道該說什麼好，根本沒有什麼彌補的方法了。他又有點後悔，橫豎就讓她走了算了，反正他連她的名字都不知道——

「我很抱歉。」他低聲地說道，同時鬆開了手。

女孩也安靜了下來，輕輕揉著剛才被握疼的地方，慘慘地問道：「為什麼？」

唐瑞不知道她問的是哪椿，是指那些信？還是指他為何抓她？可是哪好意思再問，只有直挺挺地站在她面前，用一種近乎演說的口吻：

「我想我那個同學也不是惡意，大家都還年輕，總是比較——好奇吧？妳今天會來找我，或是說，找那個寄信的人，恐怕也因為你們在信上聊得還，還不錯，可是——」

女孩打斷他的話：「我是想請你去聽我們學校的音樂會的。」

說完了她自己也發覺那個「你」字用得極不恰當，兩個人都很尷尬，好像在說著另外某人的私事似的。

「妳想不想見一見上官——我是說，寫信給妳的那個同學？」唐瑞問道。

「不必了。」女孩答得很快。唐瑞心底有一絲隱隱的牽痛，這樣怎麼好呢？他不想讓自己在這個單純、善良的女孩心中留下任何痕跡了。

女孩自顧又回到涼椅上坐著，默默注視著大操場上其他躍動的人影，那樣輕鬆，那樣熱情！她就這樣容易原諒了自己嗎？唐瑞輕嘆了一口氣。

於是他也緩緩在她身邊坐下，不敢直視她的表情。偶爾偏過頭瞟到她的側影，他也暗自驚異，其實她是個很美麗的女孩呢！極為透徹乾淨的一型，此時微斂著眉心，垂頭合手和他並肩坐著。唐瑞自己也知道，現在他們兩個看起來就完全是校園裡常見到的男女，也難怪一些經過的學生要多看他們兩眼，看得唐瑞微微臉紅起來。

不——可——能——嗎？

對於自己有這樣的念頭，唐瑞有些不知所措，也許就是別人常說的因緣巧合吧？否則他剛才為什麼不就讓她走了算了？

就在這個時候，陽光像是突然翻了個身，眼前的世界變得明亮膨脹起來，其實已經是夕陽西下的時刻了。「那些信，我需要還給你那個同學嗎？」女孩的聲音。

操場上的人們也漸漸稀少了，同伴們彼此叫喚嬉鬧的聲音也遠了。「我想，不必了。」他也這樣答她。心底有另外一個聲音在抗議：你怎麼不告訴她？不告訴她？

他一路送她到校門口，誰都沒再開口。可是只要她一走出校門，他們就勢必永遠分手了……他問她會不會自己搭車，她點點頭。

回到教室，氣氛異常凝重，上官明站在那兒等他，其他的同學也都不看書了，眼睜睜地看他的反應，想是從上官那兒已經知道這件事的原委了。他在眾目睽睽之下，走過自己的位子，一把推開像是有話要說的上官明，最後來到了窗戶邊，低頭看見樓下剛才女孩坐過的椅子。他覺得十分惘然。

他忽然很想哼那首〈再見女郎〉，可是發現自己不知道歌詞，而且似乎自己也還不夠那個資格——實在稱不上一個愛情故事啊，可是卻已經有了個隆重的結局。他想他那樣對她應該沒有錯——可是，誰又知道呢？

到底別人的初戀是如何起頭的呢？

3

上官明打電話邀唐瑞參加他舉行的舞會，說是慶祝他二十歲生日。唐瑞掛了電話，又氣又好笑，上官可真是一點都沒變！要他務必多帶幾個女孩子赴會也就罷了，沒有一次聊天時上官不是興抖抖地想探聽他的感情生活，真以為他念了個女孩子特多的科系，就可以左右逢源啦？唐瑞自己心裡清楚得很：不是那麼回事。

當天所幸唐瑞也約了幾個交情不錯的女孩，總算解決了男女人數失調的問題，上官連連稱謝，否則他這個主辦人實在下不了台。當然，他還是要打聽一下唐瑞和那些女孩的關係。

「這些女人？」唐瑞指指小甄、麗秋、瓊那一群：「和我一樣老骨頭了，我們的老婆還在小學，你信不信？」

「又不是一定要結婚。小唐，這個觀念要改，你就去和她們攪和嘛！要不然認識這麼多幹什麼用的？」

唐瑞真覺得這個老友遊戲人間慣了，連感情這種事也好拿來兒戲，當年就是他窮極無聊同別人亂寫信，給他惹了個大麻煩。事實上當前男女生之間的交往，愈來愈普遍開放，另一方面也變得多樣而難以捉摸，「純友誼」的模式慢慢被大家接受。

若是像上官那樣沒有這般共識，唐瑞恐怕就要天下大亂了，豈不是男生女生一碰在一堆，除了談戀愛，什麼都不用做了？

唐瑞雖然很能為自己的愛情觀辯護，可是那天舞會上，他倒反而為幾個掛單的高中好友拉攏，心想若能撮合成對也是美事，畢竟他們班上的女生交往對象有限，而且轉眼就快是「大三拉警報」的邊緣了！

果然幾天後，班上傳說小甄有了動靜。小甄不是什麼絕色，一些女生都驚奇萬分，爭相走告，想從她那兒學習一下如何開創自己的遠景。然而搞了半天，唐瑞才弄清楚她的「那一個」不是他的高中同學，竟是高他們一年級的林蔚元。

有人追求是大事一件，小甄本人也老愛掛在嘴上：

「上英國文學史的時候他坐到我旁邊來，天！我開始根本沒想到他已經大三，不修這一門課，真的，我發誓——偏偏下了課時碰到大雨，就這麼巧，本姑娘沒帶傘，他倒先撐好了，然後我們就一起吃了頓中飯，下了雨也走不了呀，只好聽他擺布。禮拜四，正好下午又是沒——課——」

語氣重重落下，剩下部分留給聽眾自行想像。

麗秋在一邊聽得神色煞是淒惘，不時用手指捲著髮梢。她的條件很好，可是眼光高，儀容風度之外，身家財產也一併列入交往的考慮，以致依然無人敢高攀。雖然林蔚元那種角色她是看不上的，可是雨中借傘這種情節，足以教她感動了：「真是——美！」

瓊是已經有了培培的，兩人是目前班上唯一的「班對」，聽了只顧咦咦竊笑。

剩下就該唐瑞有點表示了，他說：「能有這樣突破性的發展，咳咳，可喜可賀。」

隨後幾天果然少見小甄的人影，她與林蔚元出雙入對成了眾所皆知的事實。瓊和小甄私交甚篤，有一天和唐瑞聊起小甄，忽然嘆了口氣：「小甄她，以前喜歡過他們現代詩社的一個男孩子，你知道吧？」

「知道知道，好像兩個人沒什麼嘛，她光跟我說過他人很好。」

「小甄的確喜歡他哦，那個男的當然是不知情啦。可是前一陣子，不曉得誰多了這個嘴，把小甄的意思透露給他。那個人的反應是，他是感覺到了，問題是，他對小甄沒意思啊。」

「怎麼會？」

「不喜歡就是不喜歡啊！」聽起來像是幸災樂禍：「那個林蔚元，我真懷疑小甄是不是真喜歡他？光知道打籃球，興趣差得老遠。小甄也真是，明明在賭氣嘛——好，有人追我，我就要！」

唐瑞聽到這消息吃了一驚，心情也變得頗複雜。他慶幸自己沒被上官明的意見左右，找個女孩子攪和攪和，否則好好一樁初戀必定變得千瘡百孔。另一方面，他也氣小甄活得這麼大了，怎麼感情還如此衝動幼稚？若是真覺得這口氣這麼重要的話，也該跟他們商量商量，他私忖就出現好幾個名字，比林蔚元更適合她的！

小甄本性原是十分活潑大方，唐瑞最記得每次幾個人去看電影回來，她總有一番與眾不同的見解，與眾人口角一場，第二天又和好，從沒有什麼心眼，像個男孩子。想不到對這種事情竟然鑽牛角尖，唐瑞還以為世上還有太多的事可以教她瘋狂的——養狗、學打鼓、拍實驗電影、做中情局局長……等等，可是她現在這個樣子，真不知有誰幫得了她？

培培受了瓊的慫恿，一日與唐瑞等車時，旁敲側擊地想挖點新聞：「小唐，最近你過得好不好？……我是說，是不是會比較寂寞一點？就是那種，那種不是味道啦、酸酸的啦……」

唐瑞起先還不知道他在胡扯些什麼，後來知道了瓊的餿主意，想為他和小甄拉攏，當下拉了臉：「別——別瞎操心了好不好？」

禮拜六的中午，唐瑞中午留在學校餐廳吃自助餐，下午有家教。排完隊捧著菜盤剛坐下，就看見小甄一個人，手裡拎著個小提琴，朝他似笑非笑地走來。

她拉開椅子便和他同桌坐下，卻是一副沒精打采的樣子，害得唐瑞吃飯情緒大受影響，無端又想起培培的話，本想不發一語，以示他思無邪念，終於還是忍不住：

「怎麼不回家？」

「我等瓊，下午我們要去學小提琴。」小甄說得不疾不徐，亦不專心。

不一會兒瓊出現了，一見面就開了個不太好笑的玩笑：「小甄，怎麼不避嫌啊？」又看看唐瑞。

唐瑞放下筷子，起身說道：「妳們要不要喝點什麼飲料？」不等她們的反應，便逕自離座，朝櫃檯的方向走去。他忽然很怕見到那兩個女人湊在一塊兒，更懷疑瓊可能也把她的餿主意提供給小甄了……他不知為什麼有人喜歡蹚這種渾水呢？大概是沒吃過這種苦頭吧。——他國三、高三那年，都發生過這種情況，真不知大學了是不是能得以倖免？唐瑞倒真想藉機遁形，一走了之算了，可是仍然端了兩罐咖啡往回走，不經意看見小甄惴惴面對著銀晃晃的玻璃窗坐著，那神情真是憂愁。走近了就聽見小甄弱弱的聲音：

「他真的喜歡我，半夜喝個大醉打電話來，我根本沒辦法告訴他我——當然我也不討厭他，可是現在的心情不適合……」

不料瓊猛一抬眼看見唐瑞，隔了兩三步不來入座，以為他是蓄意竊聽，便自認很解風情地瞄著他：「來，快來坐！」

小甄光是看看誰來了，又繼續：「我兩點再過去，現在我跟他約了在文學院門口見。」

「妳去也是白去，不會有結果的。」瓊進言道。

「不管，必須去。」小甄說得清堅絕決，可是不看瓊，竟是朝唐瑞瞟了一眼，像在說，你懂嗎？

他是不懂，從來這種事都教他頭大。

記憶中他和小甄沒見幾次面，兩人就熟得什麼似的，完全不記得最早認識時，是否曾經有過那麼一點點的——？他現在又為何要替小甄的情關勞神？不管怎麼說，他們從來也沒往那方面去想，就算是彼此願意重新開始，難道就真的能如一般人那樣自在嗎？將原來十分和諧穩定的交情打破，重新裝配成另一種感情，可能嗎？

感情這種事不能講義氣的，唐瑞想道。

到了晚上，小甄打電話給他，一開頭還是平常與他閒扯的口氣，問他在看什麼電視節目？禮拜一的課會不會去上？唐瑞負責答題，卻覺得她有點苦於納不入正題。

「今天下午怎麼樣了？」其實他是很關心的，但是故意做出不經意的樣子。

「很好啊！」對方也故作一派輕鬆。

他知道她是在避重就輕，更決心追問個究竟，小甄省略了過程細節，光挑了個結局：

「我禮拜一帶他來同你們一起吃中飯好嗎？以後你們就好好待他吧，當他是我們一夥的——」

「好。」

他一下子就懂她的意思了，衝口而出，結果兩人靜默了半晌，找不到別的話題。

「瓊呢？她怎麼說？」

「她——沒跟她說呢，她的鬼點子太多，聽得教人心煩，不必管她了。」說完小甄乾笑了兩聲。是想起了她的亂點鴛鴦譜嗎——他不知道。

唐瑞忽然有點失落，覺得沒什麼需要問的了，可是那頭還不掛，半天又說了一句：「抱歉啊。」

「什麼？」他真恨她點破，可是她忙接口道：

「我說，麻煩各位替我操心，真不好意思。」

唐瑞也陪著哼哼笑了兩聲，想像著禮拜一見到林蔚元，該說些什麼話？他發現自己並不是很想認識這個人，可是他已經答應小甄了。

他自始至終也沒表明，以後大家還要天天見面的，對方自然無須對他有任何感激之情。這種情況還真有點像是一場遊戲了，而且愈玩愈玄，愈沒有個規矩可循。

也好，也好，至少他覺得對那還未發生的第一次，依然保有一份美好的憧憬。

愛情

歐陽明華在櫃檯前站了好一會，沒人理他，他清清喉嚨，也沒見著人，隔了一大堵檯子便說：「我要找人。」說完不放心，胳臂撐在檯面上，半個身子探進了櫃檯。

這才有個小姐亮出一張臉來，沒什麼表情，只管遞出一張報名表「升大學狀元班」，粗魯地往檯外頭推，看也不看。歐陽明華又道：「不是。——我，我想找人。」

「找誰？」

歐陽明華退回地上，兩腳站穩了：「沈又美。」

他看不全那小姐的臉，被檯子遮去了。可是一下子她的眉毛就提了老高：「是學生嗎？哪一班？」

他看見她態度不惡，這才一個字一個字慢慢道來：「甲班的，七十五號沈又美。」

小姐一聽不知又怎麼不合意了，先就甩出一張不耐煩的表情，半天才斥說：「甲A還是甲B？是乙丁組？還是甲丙組？」明華趕緊陪小心：「是丙組的，A班還是

B班我不清楚……」

「噢！那是甲A的。」旁邊另位小姐搭腔了，不能算是見義勇為，明華剛才見她閒在那兒，興趣盎然地打量他老半天了。「甲A有個高高的女生嘛，哎呀！丙組就那麼幾個女生，怎麼會不知道哩？——」

她和原先那位小姐自顧聊起天了，明華恨恨地立在一旁。「對啦！就是她啦。」他站在櫃檯外輕聲抗議。那兩人停了下來，其中一個問道：「你是她什麼人？」他道：「朋友。」語氣彷彿不怎麼肯定，他又重複一遍：「我是她的朋友。」聽起來二人關係健康倒還是健康的。

「他們現在還在考試哦——」小姐回頭看看鐘：「快下課了喲，再幾分鐘。」

他走出了大門，無處可去，縮著頭站在騎樓底下。對面一家補習班門口，有幾個男孩子在點菸，看起來竟然都很瀟灑，儼然也是大學生的乾淨漂亮，可是其中一個他認識，從前隔壁班的，留了長髮還背著從前高中的書包。他知道他連榜都沒摸上。可是從前，他想起那時高三每次模擬考成績公布，大家都會碰到一塊看分數，交情不深，可是點個頭笑一笑，也算是考前祝福。如今——他說不上什麼感覺，慶幸自己的成分還是居多。

待會見了又美，又該怎麼說呢？他有些慌張，來之前完全都沒想到，搭了車就過來了，快半年了，忽然才想到來找她。要不是——他以為他是不用再想起她了，要不是萬玉珍那樣子傷他——他才開始追她，聽了她一些話根本來不及反應，垂著手站在雨裡，沈又美的名字倏地就出現了。

他不會拿沈又美和玉珍比，那是兩個完全不同的人。

認識又美是在高二那年，兩人都不是學校的鋒頭人物，所以戀愛可以獨自一邊去談，過自己的小日子。他要學商，又美卻想學醫，顯然數學比他強得多，她常常教他數學。

「考丁組要靠數學拿分數，地理歷史贏不了幾分的……」她愛查問他的模擬考成績，起初他也有他的自尊，後來喜歡看她皺眉頭的樣子，就故意拿一些考得亂七八糟的卷子給她瞧，她呼道：「這怎麼得了！」

可是她教起數學來也沒什麼耐心，他坐在她身邊聽著，還是得「嗯嗯嗯」地猛點頭。想到這裡，他笑了，那時都沒有心機哦，她不知道自己的時間寶貴嗎？

到最後要怪也只能怪她志願填得不好，分數可以上輔大食品營養的，她卻統統沒填。而他上了台大。他不知道她會怎麼想，不敢打電話去，匆匆忙忙又上了成功嶺，寫信去也沒回音，就這樣。

約莫是同時，好幾處的電鈴大作，整整一條街上，大小遠近若一，隆隆隆便是人聲漸起。還沒來得及回頭，身後早已是男男女女吵成一團，明華聽在耳裡，皆是與他無涉，他們有他們的過去、現在與未來。

他定定神，回過身便要開始尋人。有登登登從樓梯上下來的，有電梯門一開湧出來的，這些人看起來都沒什麼兩樣。他們偶爾也會和他擦身而過，瞧瞧他，他手上拿著書，英文封面的。

他找到了。

「沈又美！」

歐陽明華踮起腳尖。她的頭髮比他想像中長得多，隨便紮了條馬尾巴，正捧了書和幾個男生爭長論短。她的聲音尖而脆，扎得身邊的男生咦咦哦哦直搔頭。歐陽明華趁了空再喊她：「沈又美。」

她的眼光掃過來了，歐陽明華就站在那兒不敢動，好讓她來認。她推推眼鏡，往前走了好幾步，快到眼前了才「啊」了一聲，撝著嘴不說了。

「剛剛考試？」生疏不足以形容明華的感覺，恍惚還有一種過時的纏綿開始盪氣迴腸起來。他急急搥上前去，對方退了一步，他才怔怔地回到現實裡來：「嗳，好久不見了。」

「好久不見。」又美取下眼鏡，掏出眼鏡布來裹好，裝進一個小包包裡，小包包裡還有鋼筆、橡皮、書籤，沒有一樣不是從高中帶過來的，明華看在眼裡，覺得像在看一些舊了的嫁妝，他更苦。他也想不出什麼點子，也許又美見了他，心裡比他還恨，他真的管不了這麼多了：「想看看妳。」

又美哼了笑了兩聲，光說：「別站著，我餓了。」

當然是由又美帶路，他跟在後面。經過了幾家學生自助餐廳她不停，最後到了一扇玻璃自動門前，他看她的反應。「進去吧，可以聊聊。」她說。

是家四面玻璃的西餐廳，生意不好。明華坐定，看著又美小心地推敲著菜單，忽然抬起頭來：「番茄牛肉飯好不好？」明華不再看菜單了：「隨妳。」

兩人面對面坐著，又美時而想想剛才的考題，時而想起臉上的青春痘，動手去觸它。她可真煩死了，明華不該再來找她的，她不是不想見他，只是──「考完期末考了？」她問。

「上午剛考完。」明華從進來就在盯著又美細看，看已經看清楚了，一點也沒變。說完又想補兩句：「妳怎麼知道？」

看不出是真是假，又美輕描淡寫道：「我的消息很靈通的哦。」

「哦？呵呵呵。」明華傻笑。

又美偏過頭去看窗外，有個婦人在賣鹽水楊桃，一個個楊桃都被泡得變了色，她想像得出那種酸酸澀澀的滋味。明華的眼神被她牽在自己臉上，她知道他在看她。

明華想開口又煞住了，他忽然想起了萬玉珍。他們學校附近也有這麼家店。他第一次就在那兒見到萬玉珍。

「說說你的新鮮人生活吧？」又美突然就收回視線，沒頭沒腦地問道。

歐陽明華躊躇了一下，說實話嗎？「怎麼說呢？」他似笑非笑地反問。

「隨便說說啊，功課？社團？有沒有交女朋友？」又美客氣地順著他的話答，他在那一刻簡直就想走了。這才剛坐下，他就坐不下去了，他根本就不知道為什麼會來找又美？是因為萬玉珍嗎？他更不該想她的，他和萬玉珍根本連開始都談不上——他急轉話題：「妳念得怎樣？」

她也不答他。

又美垂下眼皮，她今天生日，她向來過農曆的，想必歐陽明華是記不住。這當然也不構成他忘恩負義的罪狀，只是想來有點戚戚。當初不回他的信也沒什麼特殊理由，她只是忽覺自己是個有事業心的女人了，她還有更重要的事要做：要去補習，要重考，要上大學。現在眼前就放了一個大學生正忽而迷惘，忽而惆悵，她卻仍然從容，任往事在眼前晃來晃去。

其實她對他這半年的情況，完全瞭若指掌。

萬玉珍和她國中三年同班，高中同校三年，歐陽明華的什麼事她不知道，他追萬玉珍追得那麼緊，她這裡還記得他，他卻防她都不防，事情一件件傳進她耳朵，根本沒想到她和萬玉珍有認識的可能。萬玉珍當然知道她和他以前的事。當著她的面數落歐陽明華的不是，她聽了也不吭氣。她沒什麼好氣的，淪落在補習班了，哪管得了他們大學生的紛紛擾擾？何況都過去的事了。

他還想怎樣？她看到歐陽明華的樣子很可笑，但她不想點破他，光是小心應付著，沒有任何期望。

兩人的企圖都不明，唯一共同的想法就是等飯趕快上來。歐陽明華有點後悔了，他根本開不了口。忽然耳畔有浪漫的鋼琴曲，是放的唱片。

「妳還在彈琴嗎？」他問。又美笑笑：「嗯。——〈夢中的婚禮〉。」

他才知道她是在說這首曲子的曲名。他跳過又美的臉，看到她身後的鏡柱，自己的面孔就映在裡面，顯得十分年輕無知。

那一剎那他完全忘記了又美就坐在他面前，他開始想自己的事，想他沒有提得起放得下的魄力，想他根本——他忽然就有了心得——他的戀愛談得太早了。高二，他每天還背書包帶便當的時候。

「說吧，究竟來找我做什麼？」

又美發現他不專心，微微蹙眉，又看看錶——她早想開了，這頓飯吃不出什麼結果的，她下午還要考化學。

「老實說——」歐陽明華停了一下，接著就想笑：「我又失戀了。」

「萬玉珍不要你了？」她也有點好笑。

「什麼？」

歐陽明華簡直就要從椅子上跳起來：「妳現在才說！妳現在才說！」

「你要我一見面就問你有沒有失戀嗎？」又美覺得委屈了，她陪他坐了這麼久，他竟然這樣說她。「萬玉珍是我高中同學啊，人家從前是儀隊隊長，你自己，你自己——」她說不出個所以然：「你以為我什麼都不知道？你到底跑來找我是為什麼？」

「夠了夠了。當初就是妳先不理我的，現在還來耍我！」歐陽明華繃起臉。他到底還是年輕，新愁舊恨，他覺得自己是多麼地可憐。

兩份番茄牛肉飯這時才端上來。又美冷冷地命令道：「吃飯。」

又美低頭對著自己的盤子，聽到對面呼吸鼻子的聲音，好不悽慘。怎麼會發生這種事？都是舊事了呀，再怎麼也變不出新花樣了，好像他們之間要分手，差的就是今天這一吵，非得補上不成。

歐陽明華又在看她了，只是他不想再為這事費腦筋了。當然不能怪又美，自己今天是有點居心叵測，沈又美，萬玉珍，其實她們都是一樣的，陰險、神祕、缺乏同情心——他這樣告訴自己。

胃口多多少少還是受到了影響，他們兩個都只是刮乾淨了白飯上的番茄滷和牛肉便停了。

歐陽明華陪沈又美回補習班。還沒上課，騎樓裡全是人。有幾個男生向沈又美招手，叫她「Tracy」，不知道為什麼，他也懶得去問，她有她的生活，這半年什麼事都可能發生。只是他不習慣幾個男生看自己的表情，他們一定會以為他是她的什麼人，那麼騷包，還帶著原文書。

預備鈴打了，他們要繼續他們的模擬考。歐陽明華送到玻璃門口，看見沈又美走進去，臨上樓還回頭朝他胡亂擠出一個笑，他看不懂，只向她擺擺手。

櫃檯小姐原本站到外面來同一些男生調笑的，看見又美，忽然就尖了嗓子喊她：「中午有個男生來找妳，妳見到了嗎？」

又美急急回頭去看門口，明華已經不在那兒了。

八點在等我

凌嚴躲在教室後頭坐著，除了教授的聲音聽不見外，什麼事他都看得一清二楚。難得今天的課來了這麼多人，再過十分鐘下課，便是真正進入耶誕夜了。

耶誕夜有舞會是天經地義的事。他手裡就有一張邀請卡：「外文系的同學們歡迎妳　電機二上」。

凌嚴一眼就看到那個「妳」字。他還有幾張已經過了期的，一致是討好的細鋼筆字。他並沒有收集這種邀請卡的雅興，一旦湊到一塊兒才覺得驚人，若把這個星期收到的這種小香水卡片排好，可以一路從平安夜跳到新年。

他每回都能收到邀請卡，一次也沒去過。也許——等畢業舞會吧？他自己都笑了，好像還真的在痴痴等一個「你」字。

座位是劇場型節節上升，凌嚴居高臨下，眼前的同學有的都認不出是誰了。劉小倩把頭髮紮了起來，背面都看得見耳環墜子也正興奮地跳動著；張玫玫也把頭髮燙了幾個捲，怪不得上節課沒看見她的人。男生只來了阮大祥，其他幾乎早蹺課回南部了。阮大祥坐在洪幸淑和范美的中間一動也不動，任兩個女生隔了他交談得有滋有味。

有人回過頭來張望了一下，看見凌嚴，要笑不笑，轉回頭便和旁邊的人交頭接耳。另一人聽了便懶懶回頭瞟過來——原來是孟芳蒂，凌嚴這才看出來，可是他光是托著腮，不痛不癢地瞪著她。她起初訕訕地很無辜，見了凌嚴的樣子，卻馬上變得理直氣壯起來，硬把氣出在她身邊的那個多事者的身上。看見那臉色，必定又是尖酸刻薄，凌嚴冷冷一笑：跟她分手真是明智。

可是他的眼光還是盯著孟芳蒂，她穿了一套兩件頭的大方格呢，白色圍巾斜過肩來，睡倒在髮邊，裙子垂曳及地，一眼只見裙襬下露出黑色漆皮的半筒靴，正無聲勝有聲地獨自拖起舞步來了。凌嚴又有點惆悵，那舞步她教過他的。

下課鐘終於響了，教室裡倏地多出一大堆聲音，可是又只見每個人都你看我我看你，誰也沒開口。

「老師，明年見！」

教授一下沒會過意來，他一禮拜只見這些女孩子一次，所以總是表現得極為客氣。等到他也想起該向女孩們致意時，教室裡已經沒人等他了。他看見最後一排的凌嚴，也不知想說什麼，微微啟齒，又悵然離去。

教室外面，女生又重新聚頭，凌嚴聽見孟芳蒂在發號施令，他這才開始收拾書本，臨走還把舞會的邀請卡帶著。

「凌嚴！」

出了教室，他看見孟芳蒂不和其他女生嘰嘰喳喳，竟衝著他來。走廊上沒有開燈，一片暗紫，孟芳蒂身後的女孩兒們全在她的麾下。他不知道哪來的這種錯覺，覺得面前是一大串葡萄，累贅擁擠。

「不是要去跳舞嗎？」凌嚴從她身邊匆匆擦過，有意草草了事，然而孟芳蒂又叫住他：

「一起去吧。」

凌嚴這才停下步來，不相信對方說什麼。孟芳蒂只是定定地等他的反應。他想起那天晚上，他們分手那天晚上，說好還是交個朋友的，如今真覺虛偽。孟芳蒂依然精明能幹，不深入解釋，只等他傻頭傻腦地震動了一下：「什麼？」

「要不要一起去？你的舞一直沒機會露一露。」孟芳蒂也只是嘲諷地笑笑，也許他們這個朋友就是這樣交下去了，處處玄機。

「看妳和喬弘文跳？還是讓他們看我坐在一邊沒事兒幹？」凌嚴不動怒，這種情況早在他腦裡畫了又畫，滿目沉重的炭黑，不留神便會蹭了一身。

「少沒風度了，凌嚴。」孟芳蒂低頭去理她的白圍巾：「去不去？」

凌嚴稍稍有點挫折：「為什麼要去？」

孟芳蒂嘿地一攤手：「是讓你去玩玩嘎，系上女生那麼多，找誰跳都可以啊。你這種人我也知道，今天晚上一定沒地方去，滿街亂跑去喝風，然後人家問起你你又是『哎，別提了』什麼什麼的——」

「我不去。」凌嚴沒想到孟芳蒂還是慣愛擺這種姿態要照顧人似的，可是他已經不是以前的他了，她是要他找別人跳——他當然不會找她！可是他又覺得有點難過，理所當然的事竟成為一種沉痛的命運在捉弄他。他到底還在不在乎她了？他不知道。

旁邊有人注意到他倆僵在那兒了，也有些人搞不清楚，還後知後覺地忙打聽，凌嚴真是不自在。

「喬弘文說的，也歡迎你們男生去，你不去就算了。」孟芳蒂想就此完事，凌嚴那兒卻咬牙不放：

「他們電機系也不只光邀妳們，什麼圖館、歷史……都發了邀請卡，妳們愛去就去吧。」

孟芳蒂這一聽才敗下陣來，沒想到凌嚴還是這套小奸小險。她這個召集人一點也不知情，實在是說不過去，可是現在也不能再去爭，她只能忿忿地看了凌嚴一眼。

凌嚴首先竄出了走廊，身後拖了嘰喳的笑聲，像是全拴在腳上牽著響，搞得他很是蹩腳，走幾步便要回頭看，愈走愈慢。快到校門口，想想還是不甘心，一躊躇便變得不太光明正大，鑽進路旁的電話亭，想佯裝電話約會貌，然後探探她們的究竟。凌嚴拿起聽筒，赫然發現「故障」二字，窩囊得吃驚！

許久卻又不見動靜，倘在電話亭裡不敢隨意走動，怕萬一碰到她們成了話柄。實在等得奇怪了，才小心打開門，哪裡還有人影？恐怕早就走另外一條路出去了。凌嚴由憤怒轉成害怕，眼看今晚真的是要一個人過了！

沿著學校附近的商店一家一家的逛下去，只見好好的一條街偏偏給裝扮得大雪紛飛，看了那棉花，凌嚴只覺得熱。其實他真該有點合適的想法才對，比如——這樣一個晚上，要怎麼收尾？他徬徨至極，獨自站到街口，四下都是霓虹燈撐著場面，夜色隆重，他看看錶，才六點整。

他開始想孟芳蒂在做什麼？或許還坐在喬弘文的摩托車上。這個畫面不稀奇了，每週三下了課了，喬弘文的機車便等在校門口，只見她放心大膽地坐上去，以後的部分留給他自己去想。

可是當初他們說好的，趁大家受害未深，就讓它過去吧。那晚上他們三人的說辭都非常漂亮，現在才發現，他和孟芳蒂只有對「怎樣結束」一事用心過，到後來也只能記得一個結尾，沒有了起頭，談不上經過，是很強悍的一樁恨事。

凌嚴不是有女人緣的男孩子，可是對感情一事卻很有盤算。一開始就知道出了問題，他們系上不作興這種近水樓台。孟芳蒂在班上大展身手之餘有時會覺得孤獨，凌嚴卻向來習慣了獨來獨往，這兩個人簡直是在借題發揮。其實到了後來，也就快不了了之了，孟芳蒂認識了喬弘文，他決定不過問，可是想起來就是一塊疙瘩，容不得這樣不明不白，旁人會以為自己是被甩掉的。他不知道如果當時索性讓它曖昧下去，現在豈不也有趣？他也去跳舞，三個人站在一起，到時候他還要說幾句不中聽的話，孟芳蒂聽出真意，反過來意味深長地看著他，他卻仍然淡淡笑著，也就是告訴她：「怎麼辦？一切都過去了……」像這個樣子，又是掙扎又是交織，也不過一個晚上的事，凌嚴卻連想都不敢想。

禮品店傳出〈耶誕節的十個禮物〉這首老掉牙的歌，大一的時候他們還一本正經地學過那拗口的歌詞呢，一天又一天，唱完第十天沒有了禮物，那歌聲依舊是那麼愉快，不相信耶誕夜會沒有新鮮事發生似的。

凌嚴步行至此，卻又見到一座電話亭，頓覺心力交瘁。他並不要求太多，能有電話亭那麼一小塊地方容身，乾淨明亮，又不和華麗的夜色脫節，就夠了。

他猶豫了一下，踏進亭子裡，拉上了門。

「下面音響，六點——五十九分——二十秒，嘟。下面音響，六點——五十九分——三十秒，嘟……」

「五十九分——四十秒。」凌嚴道：「嘟。」

然後終於是七點整，離耶穌誕生的時間還早得很。

親愛的

下午最後的幾堂課，校園裡來往的學生已經開始忙著回家。袁安在文學院旁的小徑上足足等了半個小時，才看見莫珊珊老遠朝他揮手。

他微帶笑意地看著她走來。莫珊珊穿了件紫色的長毛衣，再一看才知道底下穿的不是長褲，只是長襪，恐怕那上裝根本算是件迷你裙……袁安暗叫：這種天氣！又見她腿側什麼東西走一步閃一下，全身上下機關太多，他索性不研究了。隔一會兒又彷彿記得有同學拿這期的電視週刊[1]給他看，封面上的莫珊珊也是這麼一身紫。當時他只是冷著臉瞟了瞟，沒怎麼往心裡去，沒想到她就穿來上課了。

「越來越邋遢，嗯？」莫珊珊站在袁安面前，伸手就去掀他的領子，隨即又抽回手來。舊夾克的感覺——她想起來這件夾克是她前年送袁安的生日禮物，當天他穿上身就淋了一身雨，後來就老見他冬天披著這件夾克，那場雨彷彿還漉漉地觸得到。「那件外套呢？袖子上貼皮的那件？」她去摸袁安的頸，手指在他髮間搔索。

「留著結婚時穿，好不好？」袁安一把攬過她來，訂過婚了，自然又少一層顧忌，他湊到她耳邊呵道：「好不好，嗯？」

莫珊珊扭了幾下，光笑不語。她覺得自己該給他一點什麼回響的，可是一時想不出，只是空洞地微笑著。倒在袁安的胳臂裡，透出去看到一小片灰濛濛的天空，像是從袁安的身上長出來了雲和樹，碰在臉上有聲音。「噯，今天考得好糟。」她揉揉眼說道。

袁安鬆開她：「考什麼？」她仰起臉來：「期中考補考啊，上次不是出外景，搞了一個多禮拜嗎？」

袁安聽她提起這檔事，不想往下接話，走了幾步才說：「考過了就不要想。」

莫珊珊聽不出話裡的情緒，以為在哄她，於是也歡天喜地攬著袁安的腰，繼續說她的：「劇本又改了。」

「什麼？」袁安停下來。

「本來不是說第十三集要我殺了大帥之後自殺，現在改成先把我關起來，然後

編註1：由台視文化公司於一九六二年發行的電視刊物。是台灣最長壽的藝人動態及電視節目相關刊物，於二〇〇〇年停刊，共計發行一九四三期。

葛天豪來救我，一起逃走——」

「我沒看，我有家教。」袁安不讓她再說下去。

莫珊珊心裡也有了數，這種架吵過無數次了，她沒勇氣去翻案，他總有他的理由。

其實袁安也看過幾集的，一齣民初的國語連續劇，片頭就做得粗糙。莫珊珊是五個女主角之一，身著鳳仙裝，梳了兩條假辮子，是大時代的小兒女，可大家閨秀，亦可小家碧玉，總是民初劇的那種混亂。新人排名不會太靠前，五個女主角都要擺個姿勢亮相，蘭花指輕輕指點，完全與生活無關的巧笑一番，接下去就是廣告。袁安好不容易耐著性子看下去，果然莫珊珊的戲份輕，還成天見她學校、電視公司忙得不亦樂乎，他只能裝得不聞不問。

「袁安，你相不相信我真的很愛你？」看見袁安剛才的神色，她無法釋懷。

袁安卻笑起來：「台詞哦！」她便打他：「討厭！討厭！」

這個時候莫珊珊又比較有安全感了。當初旁人問她訂了婚有什麼好？她也說不上來。袁安逢人便說：「先訂了放著。」聽得教人心驚膽跳。訂婚半年了，兩人依然是各忙各的，見了面才這樣老夫老妻一番。

「今天晚上小卜那邊怎麼辦？」袁安問道。卜俊強是他們一個學長，今天生日有個派對，有交情在，非要他和莫珊珊到不可。

「我盡量，說好今天補幾個鏡頭的，我想八點以前可以收工，我溜出來。你先去好了。」莫珊珊隨口就一路計畫下來，這種生活她已習慣。

「我過去接妳。」袁安簡單地補了一句。

莫珊珊這一驚，自己都不知該怨該喜？演了這麼久的電視，袁安一次也不肯來公司找她的，她第一天錄影，系上那些女孩子們全來看熱鬧，看她濃妝豔抹，穿紅戴綠，嘰嘰喳喳圍著她，儼然成了在送嫁娘。可是袁安沒來，她覺得很落寞——哪有新郎沒來的道理？她以為袁安生她的氣，可是他第二天只跟她說道：「我幫不上妳的忙，希望也別礙妳的事。」她不敢教他多解釋，只願一切平靜。

「不必了，小卜家我認識路，」莫珊珊低頭謝絕：「我坐計程車過去。」

「沒關係，我去接——」

沒等對方講完，莫珊珊就道：「不多這個事了。」

兩人都不說話了，愣在那兒。莫珊珊眼睛望向別處，茫然地，然後又收回來，注視著袁安。袁安覺得她的眼睛像攝影機，沒有生命似的，光盯著他，但不認識他。

袁安一個人赴小卜的宴，光吃吃喝喝，玩興不甚濃。舞會開始了，他自願端了杯紅茶，帶把手電筒，躲到角落裡幫小卜放唱片。

好不容易幾首活蹦亂跳的 New Wave 結束，接下來該是慢舞。袁安吃力地一頭鑽進唱盤裡換唱片，沒注意到小卜也招呼得累了，席地坐在他身邊：「珊珊不來？」

「不知道，又是錄影。」袁安的聲音平平的。

「不好意思，辛苦你了——」小卜說完就伸手去拿手電筒，袁安以為他要來替他，沒想到小卜忽然開了電筒去照舞池裡的人。那兩個人摟得正緊，一時好不尷尬，好在熟識，雙方一笑了之。

「哈哈哈。」袁安一旁看著有趣，想起來又笑。

「打得火熱，可是阿財說他不要像你一樣——」小卜說完才警覺了：「他那種人沒責任感，你不同——」

「我知道你們的意思。」袁安受不了別人說話拐彎抹角：「第一、我不該被婚約牽住；第二、我不該讓老婆去演戲；第三、我不該轉系——」

「什麼話，轉系也為你好，應該說對兩個人都好！」

然而這還是為了她。袁安想到這裡，心有點涼涼的，他忽然想到他會晚莫珊珊一年畢業。他在外文系都該升三年級了，可是為了莫珊珊，情願降轉到經濟系。大一大二同莫珊珊在系上雙入雙飛的日子已結束了，他知道一般人對文學院男生的看法，這當然也包括莫珊珊的父母。他不覺得自己衝動，當初念文組家裡就不贊成，這樣一來皆大歡喜。只是從此整件事就有點開始走樣，他在他的商學院，莫珊珊在她的電視公司，他覺得他倆彼此都像隔了什麼縫隙在偷窺著對方，他看到的是一張濃妝的臉。

「等一下去接珊珊啦！」小卜推推他。

「她要我別去。」

「哪有這種事，有人接怎麼不好？」小卜一下就從地上爬起來了：「我說你哦，一開始就板著臉把人家嚇死了。她已經進了這行，你怎麼能不管她？告訴你，女孩子一個人總是有點怕的——」

袁安扭回頭望著小卜，小卜眨眨眼睛等他的反應。袁安沉默了。

他想起那一天，外文系上幾個同學吵著要吃他們的訂婚酒，他和莫珊珊就在學校對面的西餐廳請了一長桌，在座只有他一個男生。他們把喜糖也帶去了，小紅心盒上貼了個「囍」字，熙熙攘攘擠在燙金花邊裡，誰也不讓誰，十分鋪張。

那天他打算把他轉系成功的消息留待飯後公布的，吃了一半，在座有人問起：「珊珊，電視公司那邊妳答應了沒有？」這個問題從她去年演出話劇被星探發掘之後，足足纏了三個多月。莫珊珊停下刀叉，氣弱地說：「我簽了。」他一聽簡直恨得牙癢：「妳到底還是給我簽了，做明星去，嗯？」

她當場就哭起來，內疚？委屈？還是威脅？他都為她轉系了，他教她別簽這個約，她竟然都不能依他。

這以後兩個人見了面都有了底，知道對方也會發火的，連親密時都有一定的規矩可循，只圖眼前平安無事。難道他們就要這樣下去了嗎？袁安把頭埋進膝蓋裡，耳朵也搗起來。他不是真的在和她計較什麼？有的時候他也怕，怕一旦拉破臉，兩邊都是傷痕累累，怎麼忍心？……

「袁安——」

正好一曲終了，袁安抬起頭來：「幾點了？」

「八點五分。」

袁安就憑著還記得《烽火母女情》這個劇名，竟然摸到了第六攝影棚。錄影工作還在繼續進行，紅燈亮著，可是門口沒人管。門旁的大黑板上亂七八糟有人留言：「阿花，我們在餐廳」、「朱嬌麗外找」。他躊躇了一下，拉開門就閃了進去。

迎面來往的都是著了戲服的人，他們並不在乎誰闖進他們的小空間。袁安探索著又往前走了幾步，終於看見那個某大元帥的後花園。他光是名不正言不順地伸著頭。

然而莫珊珊竟看見了他，她正和她戲裡的姊姊妹妹們輕羅小扇撲流螢，沒她的台詞，她見著袁安正站在攝影機後，像孩子一樣左顧右盼。他穿了那件袖子上貼皮的西裝外套，嘴角微微掀著，沒什麼心眼。她覺得抱歉，讓他看到這麼一個假造的世界，假山假水，她就混在裡面。——戲裡面沒有一個叫莫珊珊的人！好不容易她和他的目光接上了，她偷空趕緊朝他笑，怕他認不得自己，這才覺得放了心——那個人是袁安沒錯。

八點四十收工，莫珊珊馬上就聽見袁安的聲音喊她，可是一片兵荒馬亂，攝影棚裡翻箱倒櫃，袁安還是湊不進去。她喊他要他等，又做手勢，表示她要去卸妝。

隨後袁安跟來，她一點都不知道。才剛換下戲服，就聽見他們那個很癟三的劇務扯了嗓子在罵：

「你怎麼混進來的？化妝室不准進去！什麼外找，不可以！」愈吼愈大聲，化妝室裡的人笑說不知道又是誰的影迷來胡鬧了。

待莫珊珊好奇一瞧，才知道是袁安在那兒紅著脖子跟人理論，身不強力不壯，光會喊：「我找莫珊珊！」

那個劇務說不通便想動手，霸氣地橫在袁安面前，袁安當然不是對手，就被人在那兒拉拉扯扯，也不叫她。那一刻她忽然覺得自己非常非常愛他。不是袁安從來不管她的事，他來找她都得這樣拚命，還怎麼管？

她突地就站出來了：「他是我未婚夫！」

一聽彷彿很嚴重似的，並不怎麼妥當。她的單身女郎生活當場就結束了。可是她並不後悔，任裡外圍觀的人交頭接耳。袁安見是她，也不過拍拍衣服，站在原地笑笑，笑得那樣容忍，那樣姑息。

他們本是校園裡的一對郎才女貌，都要來這兒受一番人世滄桑，眾目睽睽演出一場亂世佳人。她並不愛哭，但是面對了化妝鏡，她早已是花容淩亂，眼影化成一團。可是一臉的胭脂還是穩當安詳，整個人依舊花枝招展。她來不及抽張面紙，就咽咽地流下淚來。

「以後，不要來找我了。」

「沒關係的。」

台北開始落起毛毛雨，計程車上的兩個人都記不清剛才的細節了。袁安只記得他一直在喊：「我找莫珊珊！」那樣子一定很醜，他想。

外找

李妍的初戀是個不大不小的悲劇，只有她一個人在掉眼淚。

「妳聽我說，我跟他搞社團搞了那麼久，我比妳了解他。」沒人幫她撐腰，只有一個江玉婷板著臉光是分析：「他不是把妳甩了，懂不？他也是第一次談戀愛，可是他很忙妳也知道，他怕他沒辦法好好照顧妳——」

這筆帳，李妍記在江玉婷頭上。人是她介紹認識的，「談戀愛」三個字也是她先說的。一直到現在，只要李妍心裡浮起杜的神情，馬上就有個聲音很權威地在旁白，是江玉婷。她簡直不敢多想下去。

可是她心裡沒有忘記他。

四年後，江玉婷的口氣變得也比較遲疑，她打電話到李妍的辦公室：「杜回來了。」暗示性的，過去一概不便再提。

李妍聽了不作聲，可是心裡忙地就出現了一個正楷的愛字，糊到了胸口上，冰冷黏潮。

「哦。」她應道。

「他現在是美國一家電腦公司台灣分公司的經理。」對方繼續輸出她的資料：「辦公室就在南京東路，目前住在仁愛路一個朋友家。」

「嗯。」

李妍拿著筆在紙上漫畫著圈圈。不消說，江玉婷和他已經見過面了，她一定也告訴了他，她現在是怎麼一番光景：獨身、貿易公司女祕書、二十六歲，下個月就二十七了。

「喂？」電話那頭忽然大聲喊人：「妳在聽嗎？」

「在聽。」

當年她失戀，也算個家喻戶曉的故事。她一來就哭，別人一直以為她和他之間做了什麼事，時間證明沒有，她只是想他。現在他回來了，搞不好她還是最後一個知道，她一點防護措施都還沒有，別人就開始進攻了。

「李妍，妳怎麼沒反應？」

「怎樣？」她目前能做的只是先把住這通電話——第一道防線：「他要妳來說

什麼？」

「沒有。」江玉婷停了一下：「他在美國結了婚了。」

化妝室裡只有一面釘在牆上的小鏡子，時間久了，擦也擦不亮了，灰暈暈地。李妍照在裡面，真的就是被塵封起來。她已經被這面鏡子封了整整四年，杜一出國，她就開始在這兒做事，天天都得照這面鏡子，天天就是模糊地活在裡面。「你想過我嗎？」她自語道：「——愛過我嗎？」

她所能記得的，也只是那一年夏天遲重的黃昏。

有時她幾天沒見到他人，下了課就獨自來到男生宿舍。她總是先把字條寫好，站到傳達室的窗口，邊遞邊說：「一〇五室杜家智。」去了很多次還是不習慣，說完就急著撤退，站到一邊去等著擴音機響：「一〇五，一〇五杜家智外找。」

只有女孩子才會費這道手續，男的通常就自己找進去了。來往的男生有人聽了廣播，就會好奇地四下搜尋，一看就是那種好事之人。

她從沒在那兒碰過自己的同學，只有一次看見她們應用英文課的老師，一個年輕的女講師，是去抓蹺課太多的學生回去上課，坐在會客室裡，氣勢自然不同。不像她，光是平著臉不敢有表情。

等杜出現她才要擺表情，每次都發現太遲了。迎面過來的人不是睡眼惺忪，就是衣冠不整，完全沒意料到是她：「咦？」

「你今天去上課了沒？」她想引他往裡面走，可是他站在原地打呵欠，她只好又站回來。外面人多，每個人都在看。

「上了上午的課，嗚啊——太睏了。」他也想和她笑一個，虎牙露了出來，整張臉都開心了：「找我幹嘛？」

「哦，拿這個給你。」她趕緊低下頭去。社團裡單單據據之多，這種藉口最現成，隨便什麼拿給社長過目。

「這是什麼？」他總要她來告訴他。

她看看他：「開支表。」像在說謊。

走出男生宿舍，扁大的日頭像個油漆印子，落不下去了，疲憊、薰黃。她站在台階上，熱綿綿的空氣呼到人臉上來，光摀住她，並不溫柔……

好不容易才從公車上擠下來，發現裝便當的牛皮紙袋被擠掉了，李妍的心情簡直惡劣透頂。一天在公司都拉著臉，待會兒回到家，怎麼見人？

走了一段路，才發現辦公室才是最安全的地方，不像現在，一路觸景生情。巷子裡沒人，偷偷哭一下不是不可以，只是那種激動已經被她壓過去了——她躲在化妝室狠狠給自己補了一頓妝，於是她想依舊踏著上下班的步子前進。都到了家門口，不料還是想起了杜，想起他送她到這裡，說一聲「進去吧！」然後她目送他推著腳踏車慢慢出巷口——

推開紗門，赫然江玉婷坐在客廳裡。

「回來啦？」她媽媽在看電視，顯然什麼都不知道。

「電話裡還沒說清楚？」李妍一頭鑽進房間，江玉婷跟進來：

「妳先把電話掛了，我還沒說完——」

「我不想聽妳說，妳從來說不清楚一件事！」李妍把皮包裡的化妝品掏出來，扔到梳妝檯上。

「可是就差一句話——他沒帶他太太來！」

「這又怎樣？」李妍冷笑道：「妳又知道人家婚姻不和諧了？」

「不是，我怎麼會那麼缺德！」江玉婷一屁股在床邊坐下：「見一面總可以吧？他太太不在身邊，沒人會多這個心的！」

「我還能跟他說什麼？」李妍聽得驚痛，江玉婷竟然把事情說成這樣。

「李妍，我想了很久，妳是該去見見他，否則妳還是不會死心的。」江玉婷還要描。

李妍忽然覺得非常恨眼前的這個人，她為什麼到現在還要管這件事？她是想把這件事當成自己的事業嗎？這個女人嫁了一個有錢的丈夫，每天早上到公司轉一下，坐在自己掛名「董事長」的桌前打幾通電話，除此以外，她便無事可做，她的思想還停留在大學女生階段，那裡的事情才是屬於她的。

她是不含糊她的！——李妍故意以靜制動，她憑什麼要聽她的？江玉婷根本就還該是大學時代，那個女伴型的小角色，她怕人家忘記她，哪兒都有她。第一次看見杜——那天她去社團辦公室，就看見她繞在他身邊，要他試試那兒的電話可不可以撥長途，故意和總機小姐胡鬧。「啊，怎麼會這樣？」她一直是以這種口吻走遍各社團，杜那時是學生代表聯誼會會長，最後終於分給她一個海報組組長當一當。

李妍自己也不知道怎麼一股腦兒翻出這麼多舊帳？這些話她一直沒同別人說過，此刻逮到了機會，故意丟下一句：「要見妳去見他！」

江玉婷竟然就答：「我是要見他，我要擺一桌席，請一些老同學碰碰面的。」

「妳要我跟他這樣見面？」

「當然不是，妳可以去公司找他。」

李妍忽然就想起在男生宿舍的經驗。後來，她便找不到他了，她照樣是遞完條子，聽完廣播，手續一道一道來，可是出現的人不再是他：「杜家智不在哦——」哦字拖得好長。同樣是邋遢的宿舍男子，她從來記不得人家的臉，她覺得自己是個笑話。

然而她還是靠這個方法見著了他最後一面，一個星期後他就當兵去了。

他要她再等一會兒，他進去換件衣服。她什麼糟糕的情況都預想過了，一時真的只有等。大廳裡有架電視，掛得老高，男孩們全仰著腦袋在看。她還記得，那天演的是《三人行》[1]，時間是晚上十點半。

「我只能讓妳這樣一趟一趟來找我，值得嗎？」杜帶她到大街上，紅磚道剛淋過雨，像一張張哭紅的臉。

「我不是在欺騙妳，我只為妳好。妳有一天會知道，我這種人就是成天到處亂跑，將來結不結得了婚還是個問題——」

李妍一下子心就軟了下來，這都是她自己的事，暗地裡把這筆帳算在江玉婷頭上，並不公平。也許人家早就覺得了，當著她的面，厚著顏講這些敏感的事，恐怕是想自救——自己嫁得太好，耽誤了人家的黑鍋分外背不起！

編註1：《三人行》（*Three's Company*）。美國情境喜劇，於一九七九年～一九八五年於台灣中視的深夜時段播出，廣受歡迎。

「老江，」李妍又這樣喚她了，自己都覺得有點拗口：「妳知道一切都變了，我現在什麼都不想了，請客我恐怕……那麼多熟人，也許會很尷尬……」

「是啊是啊！」江玉婷也被她搞迷糊了，一旁漫聲應著。突地李妍一轉身，抓住她的胳臂問道：

「告訴我，我當年有沒有看錯人？我那樣對他，錯了嗎？」

江玉婷一時也沒把握，這個問題她回答過好幾次了，這回事前沒有溫習，答案變得殘缺不全：「沒有，你們都沒有錯。我是說，杜那個人，他不是不要妳，我和他在一起搞社團，他是那種責任感太重的人，懂不？」自己也說亂了。她忽然覺得羞恥，她敢來找她，卻連點新的見解也沒有，舊的也說不清，她怕對方又要挖苦她。

可是李妍只是安靜地捱著江玉婷坐在床沿，她在想他了——江玉婷看得出來，那臉上的顏色非但沒有心機，反而顯得無助。她不知道李妍的回憶究竟有多少？事實上那段愛情歷時不長，恐怕還得借助她那些零碎的答案來充數，她只是要聽聽別人也跟她談起她的杜——江玉婷想道。

一個男人如果知道一個女的這樣對他，他會怎麼樣想呢？江玉婷輕輕起身，換到梳妝檯前坐下。這是一樁帶有點病態美的愛情故事呵——她從頭看到尾，自己也略有牽連，她的名字會印成小小的字體排在一角，這是她真正沾到邊的一樁情事！她的婚姻是媒妁之言，沒想到婚後竟然也很好，愛情對她來說是生不帶來，死不帶去了，何況是這種刻骨銘心的相思……

總該有點辦法的。她從鏡中看到李妍，兩人的目光接觸，觸動了她的想法。

江玉婷把席設在春風得意樓，開了個小房間。她喜歡這個店名，就像自己這些年，要讓大家有目共睹。

李妍沒來，杜家智就坐在她旁邊。也不過四年，大家的改變實在少得可憐，杜家智的眼鏡還是台灣的那一副。他有時停下箸來，環視在座的每一個人。那神情和當年沒兩樣，江玉婷看在眼裡，忽然就問：「喲，你在找什麼？」他只是訥訥地笑著，把筷子重新放到嘴邊，乾吮了一口。

沒人提到李妍，可以聊的事太多。隔間的小門一趟趟打開，服務生忙著上菜，端進來一道魚翅，江玉婷道：「吃，吃。」

大夥兒又亂紛紛地舉箸。牆角上的小喇叭本來放的鄧麗君的〈何日君再來〉，忽然停了下來出現了一個乾扁沙啞的聲音：「杜家智先生，杜家智先生，櫃檯有人找您。」

「小杜，不得了啊，總經理大忙人，生意做開了！」

有人打趣道。杜家智理理領帶，帶著酒後微紅的一張臉離席，回頭來欠身直抱歉：「去去就來！」

江玉婷望著他出去，又看看腕子上的錶，沒錯，她和李妍說好是這個時間的。

傷心時不要跳舞

再過一分鐘就是零點整了。

演唱會已經進行了四個鐘頭，台上出現了一座巨型時鐘模型，所有的歌手重新又回到了舞台前，同時，一股強大、難以抑制的亢奮激昂情緒，也再度漲滿了全場上萬名觀眾的心口。

十、九、八、七、……倒數讀秒計時開始，推向了跨年演唱會的高潮，我不自覺也在人群中跟著聲嘶力竭高吼起來——

給我一些滾燙的音符吧！

給我一些陌生的擁抱吧！

一九八七年只剩下最後幾秒了，我卻再想不出任何的願望。

站在體育館幾萬顆人頭中間，被四面叫聲、掌聲、口哨聲重重包圍，在分不清是香水、汗水、還是髮膠混合氣味中困難地張大口呼吸的我，突然，就哭了。

真的，連我自己都沒發覺，直到一顆豆大的淚珠，就這樣，嗒，墜出了我的眼眶，落在我前排那個倒楣鬼戴的紅色棒球帽上，我才知道自己竟然在哭。能知道自己還會哭，真是太令人驚奇了！

我要記住我十七歲這最後一滴眼淚，我跟自己說。我會永遠記住這一刻，幾萬人在吶喊與悚叫聲中，懷著期待緊張，共同等候八七與八八交會的一瞬，這種複雜而奇妙的感覺——

四、三、

二、

一、

零——

Happy New Year！

台上頓時一片火樹銀花，五顏六色的焰火如流星雨般瀝瀝淋頭而下，雷射繽紛交錯，火箭筒咻咻滿場追逐，是的，新年快樂！再見了，一九八七，再見了！

小白突然抱住我的頸子，在我頰上用力一吻，隨即轉過身去，也對盧子如法炮製：「Happy New Year。」她說。然後我們三個人就手挽著手緊緊擁靠在一起，看著觀眾如潮水一波一波往台前湧，還有人企圖爬上台去，立刻被警察和安全人員拉了下來，他們卻仍奮力不懈。爬上、又給拉下，爬上、拉下……

舞台上滿是給踩爛的鮮花，那些如痴如狂的歌迷，冒著生命危險獻上的崇拜和仰慕，但是沒有人在乎了，多麼奇怪啊？……突然，會場燈光瞬間暗下，騷動的人群仍不時發生一些奇奇怪怪的吵鬧聲，好不容易才又一點點、一點點沉澱了下去。這時出現了薩克斯風清拔悠揚的樂聲，奏的是那首〈魂斷藍橋〉[1]。

我聽見盧子嘴裡不停喃喃念著：「天啊！天啊！」我知道他最受不了這種刻意製造出來的感傷情調。

小白站在我倆中間，先扭頭看看我，又看了看他，就在這一片哀切沉穆如彌撒進行的氣氛下，突然用她略尖的聲音，清清楚楚地讓四周所有的人聽見了她的問題：

「我們待會兒要幹什麼？」

沒有人想回家。

這樣一個熾烈狂熱的夢魘，就在體育館的大燈亮起的那一剎，再也回不來了。

不過幾分鐘之內，舞台空了，人群散了，只剩下一地狼藉的汽水罐、瓜子殼，塑膠袋和宣傳海報。我真想知道其他人離開這個地方之後，都會去做些什麼事？

我們三個像三件被人遺忘的行李一樣，並排著放在台階上。

清潔工人不知道什麼時候出現的，拖著大垃圾桶，伸著長竹夾，迅速地把地上的廢物一件件收拾進桶裡，遠遠看下去，像某種甲蟲，一路將殘渣剩屑清到肚子裡去了似的，觸角忙碌地不停舞搖。

「回去了！」有一個臉黑黑的中年人朝我們揮手：「要關門了！」

五分鐘後，我們出現在一家明亮溫暖的二十四小時商店裡。那裡的咖啡正在舉行優惠特賣，喝一杯送熱狗一根。管收銀機的是個臉上長滿青春痘的男孩，年齡大

編註1：一九四〇年電影《魂斷藍橋》（*Waterloo Bridge*）電影主題曲。此電影女主角由當紅女星費雯麗（Vivien Leigh）主演，被譽為影史上最淒美不朽的愛情電影之一。

不了我們多少。

「喂，」小白吹著霧騰騰的熱狗，問那男孩：「晚上值班不會無聊嗎？」我的天，她真是個跟人毫無界線可言的大嘴巴！

「那邊有雜誌和報紙可以看啊。」對方指指進門處的書報攤位，然後又打開抽屜：「我都帶隨身聽。」

「你在聽什麼？」小白又問。

「妳不會有興趣的——」那男孩笑了笑：「我在聽日文會話。」

一直等我們出了那家通宵營業的商店，我還在想著那傢伙說的，他白天在飯店做 room boy，英文日文都很重要云云……我突然又覺得悲哀起來了，想跟盧子說，回去那店裡算了，外面好冷啊，大概攝氏十度不到我敢說，身上光是學校的那件藍制服夾克，根本抵不住刺骨的冷風。

一輛閃著旋轉紅燈的救護車嗚啊嗚啊在凜冽的空氣中疾駛而去。

「不知道要死的是個什麼人？」小白說。

「神經病。」盧子不客氣的頂了回去。

對才十七八歲的我們來說，死亡的確不是一個好話題，但是上禮拜才坐在醫院走廊上，焦急地向掛有「手術室」三個字的門後頻頻張望的我和盧子，這時不約而同都朝著空蕩蕩街道上，那悽慘的聲音去向空眺著。

那聲音又喚起了我那天下午不太愉快的記憶。醫院裡寒光粼粼的白瓷磚，醫生護士沒啥表情的臉孔，還有小白的麻藥過後，睜開眼睛朝我和盧子擠出的第一道澀澀的笑容……

突然盧子的聲音打斷了我的思緒：「Come on，把身上的ＭＴＶ會員卡都交出來，我們抽到哪家，今天晚上就在那家過夜！」

是的，不用回家的晚上，我們向來都是這麼做的。一口氣挑三四捲錄影帶，從半夜一路放到第二天凌晨五、六點，一晚上看看睡睡，和衣而臥，從來分不清哪些是劇情？哪些是自己的夢境……但是，那天在醫院裡的片段是再真實不過的，盧子難道都忘了？

「何必呢？反正明天放假——」小白沿著頰邊拉下一小綹頭髮，放在嘴邊輕輕地咬著：「不如去，跳舞。」

「跳舞！」

我一下按捺不住自己的脾氣就吼了起來，把盧子和小白都嚇了一跳。

本來今天晚上我們有包場的，就是因為她——我是說她和盧子的事，把錢都貼了醫藥費，連帶舞場的訂金也賠了進去，她現在竟然還能面不改色地說要——跳舞?!

「跳妳個頭！」我覺得自己的臉都漲紅了。

「阿翔，幹嘛這樣？」盧子企圖做和事佬，可是自從那件事之後，我一聽他的聲音就有氣，他到現在還不覺悟：「你不是自己說的，大家都還是好朋友，一切事情就當沒發生算了？」

我這樣說過嗎？好像有。為什麼會這樣說？是因為小白當時虛弱的眼神？還是盧子一連好幾天跟我冷戰不說一句話？……

「我是說過。」我嚥了口口水：「可是你問她什麼意思？——跳舞？要跳舞就不要想跟男人爽！」

「閉上你的鳥嘴！」盧子大喝一聲。

我還沒來得及反應，整個人已經咚地一聲被推到了路邊電話亭的鋁壁上，領口被盧子揪著，一抬眼看見他握得筋脈僨張的拳頭已經蓄勢待發——

「盧子！」小白尖叫起來。

我一六五公分、五十三公斤的身材和盧子比起來，根本不堪一擊。可是我倒情願他那一拳結結實實落下來，他敢打我就永遠、永遠不要再理他和小白！

盧子裝模作樣地拍了拍手，學周潤發從眼角逼出的那種眼神，從我臉上瞄過。

「積點口德。」他說。

我撿回我的書包，背帶上用奇異筆畫著 Papa Don't Preach 字樣的那個老書包，把灰撣了撣，重新背上。這時候老實說我還真希望有人對我嘮叨兩句，告訴我究竟該怎麼做？但是我無能為力，只有用力吸了吸鼻子，走到路燈下，回頭朝那兩個人狠狠砍了一眼：

「要跳你們自己去跳——花自己的錢跳！」

說完轉身就走，步子愈走愈快，幾乎快成了用跑的，直奔向大馬路上，鑽進了停在路邊的一部紅色計程車。

「仁愛路名人巷。」

我邊說邊回頭張望，看他們有沒有追上來，一面用手摸了摸後腦勺，那兒腫起了一個疙瘩，有點疼，車子啟動了，他們真的沒有追上來。

我突然又覺得有點失望。

微喘的我，想到又要回去那個空空的房子，還不如叫司機掉個頭，我回去找盧子幹一架，恐怕心裡還舒服些。

上次和人打架是什麼時候？

我和盧子的交情，原來是高一下的那場教室大混仗中建立起來的。

剛和盧子同班的時候，就覺得他眼熟，可是又說不出來哪裡見過。他一點也不像高一的學生，腰高腿長的身材，從背面看去，簡直跟我們教官像哥兒們一樣，很有成年男人的樣兒了。

另外他還有一個特徵，沒事老掛著副隨身聽耳機，吊兒郎當地，下課時間總愛往窗口一坐，故作瀟灑地看看天空，或隨著耳機裡的音樂哼兩句歌，任其他同學在教室裡吵鬧追逐，他一概不聞不問，好像他真的比我們大了許多似的。

一天上課的時候，有人在底下偷偷傳閱一捲不知民國幾年的舊國語歌錄音帶，我一看，封套上是個小孩子，白西裝、紅領花、非常樣板的童星造型，再仔細看看照片旁邊的字：盧貝貝？

我忙朝傳東西給我的那傢伙瞪瞪眼，他只管點頭微笑。我又回頭去看角落裡一張書桌塞不下，習慣把腿伸到過道上的盧岳光，正一邊轉原子筆，一邊對著窗外發呆。

原來是他！

我才知道為什麼老覺得他面熟。那個老氣橫秋，十二、三歲就唱大人流行歌的童星盧貝貝，竟然就是班上因為成績太爛、做不成儀隊隊長的「冷面帥哥」盧岳光！

中午吃便當的時候，有人故意借來錄音機，播出他當年的歌聲與全班共享。粗劣的製作水準，外加上盧子當年——姑且叫做年幼無知吧，結果大家只聽見一個像小女生唧唧的高音，頓時笑得東倒西歪，眼淚直流。

盧子跟那個放錄音帶的同學狠狠打了一架，錄音機砸壞了，他也被記了一次小過。

當時他是以一抵十，神勇得不得了，然而他向來就有點惹人側目，早有人不爽在心，這一下更激起眾怒。我看他快要不支，不知道為什麼，一衝動自己也上了陣，想要去拉架，扯著他的胳臂叫他住手，結果也遭到池魚之殃。有人一拳打在我顴骨上，眼鏡碎了，臉也腫了。盧子的額角則給撞破一道口子，鼻血直流。我們倆就這樣面對面坐在醫務室裡，看見彼此的德性時，不意就大笑了出來。盧子笑著笑著，眼眶就紅了。

沒有人知道他盧貝貝的生涯是怎麼過來的——五歲的時候，他就會背「參見父王母后」這類的台詞，還被人拴在鋼絲上半空中吊來吊去。十歲那年，他那個在樂團吹小喇叭的父親，開始帶著他趕場表演，有模有樣地站在西餐廳的舞台上獻藝：

「謝謝各位的掌聲。接下來，我為各位帶來一首唱片上的新歌——故鄉的、野菊、花、嘢！」……

十二歲的時候，他已經偷偷學會了抽菸；十三歲的時候，他的臉上不幸開始冒出一顆顆紅而醜的青春痘。

電視電影混不住了，他老頭接了更多的秀約，帶著他昏天黑地在夜總會、西餐廳、歌廳的後台穿梭奔波，比起他在樂團裡賺的要多上兩倍。不久，變聲期也到了，每天下了場之後，他覺得喉嚨就像火燒一般，聲音一天枯啞似一天，這讓他挨過好幾次打。

「跟女生亂搞，把聲音搞壞了吧？」他老頭每次都這樣嚇他。在後台常被女歌手摸頭親臉的盧貝貝竟然信以為真，每天泡膨大海來喝，喝到瀉肚子。

終於到了這一天，他真的唱不出來了。站在台上，抓著麥克風的手不住顫抖，就是發不出一點聲音，唯一的念頭就是在警告自己：不可以哭，千萬不可以哭出來！

趁舞台上燈光一黯，他老頭就從樂隊座位裡跳出來，把他揪到後台，啪啪就是幾個耳光：

「誰教你這套的？耍賴就訛得了我？」

他緊閉著口，有鹹鹹的血腥味流進了嘴裡，他都不想申辯什麼。早有人告訴過他，他的酬勞已經預付給他老頭了。

他老頭老媽很久以前就離婚了，一直到聽說發生了這樣的事，他老媽於心不忍，才又出面把他接到她那邊住下。他老媽上班的地點就在所住的大樓地下室，金碧宮鋼琴酒吧。照盧子的說法，不用他自己出去拋頭露面賺錢的日子，還有什麼可抱怨和挑剔的呢？

盧貝貝的時代就此宣告結束。

這些事沒有幾個人知道，甚至連小白他都沒有講，所以我一直把盧子當成我很好很好的朋友，考試的時候罩他不算，在錢上面我從來也不跟他計較，什麼都是我付帳。沒想到他今天說翻臉就翻臉，還想動粗揍人！

也許他們根本跳不成舞，我想。新年夜 double charge 啊，他們身上可能有那麼多錢嗎？……我趕緊搖搖頭：管他去死！可是，可是如果到時候他們沒錢又打電話給我：「阿翔，真的生氣啦？……」那我又該怎麼辦？

但願電話鈴都不要響！

一回到家，我立刻就將電話筒拿下來，然後再把從進門口一路到洗手間的燈光全部打開，好驅逐一個人在家的冷清。亮烘烘的燈光頓時讓我的心情好了許多，我可以想像這兒剛剛有一個熱鬧的派對結束……

冰箱裡只有一包巧克力，幾盒微波爐加熱點心，和半瓶礦泉水。

最後決定還是什麼都不要吃算了，省得麻煩，飯桌上還有我早上喝完牛奶的空紙盒沒收，另外是五千元大鈔壓著一張擺了三天、原狀未動的字條：

翔翔：爸爸去香港幾天談生意，住在「半島」，你好好吃飯睡覺做功課，我盡可能除夕趕回來。

老爸

早上打電話來說，訂不到機票，趕不回台北了。哼，要不是這樣，我才不會閒得無聊又跟盧子小白去聽什麼演唱會。

每次老爸出國留給我的字條，我都把它們收起來，放在一個藤製盒子裡。盒子裡還有我第一副眼鏡的鏡架，被我拆卸後裝不回去的舊錶……等等。據說我這種收藏癖是父親的遺傳，他的老朋友們總愛開玩笑說，他最大的興趣是收集漂亮的女人。

媽咪去世那年，我才國一。

這麼多年了，老爸忙著他的事業，似乎也沒有再娶的意思。認識的女人倒不少，不過也沒有一個交往得長的，有時我去飛利剪個頭髮，都會碰見頭上纏滿髮捲的女人，親熱地叫著我的名字，我要費半天勁才湊出一個模糊的印象，好像某年某月她來過家裡。

我倒不認為父親交女朋友是對不起死去的媽咪。不知為何，有時我覺得自己還滿能體會什麼是寂寞，像在學校裡，我除了盧子以外，幾乎也沒什麼朋友，回到家也就是面對著空蕩蕩的房間。雖然我才十七歲，都已經覺得一個人確實應該收集些什麼的，或許是有形的，或許是無形的，好塞滿漫長的一生裡，不時出現的空白。

我也在收集一些摸不到的東西，像是吵鬧的街景，和激昂熱烈的心情。

有一天，盧子突然跑來問我手邊有沒有錢？

正巧那時老爸給了我一筆錢，本來要用來買雷射音響付頭款用的，就暫時借給了他。就這樣，我成了他的合夥人，開始幹起包場辦舞會的生意來。

包底一場大約二萬元上下這個數字，差不多能有一百五十個人左右就不會賠本。幫忙的還有阿吉他們，是盧子認識的外校朋友，他們專門負責到大街上、地下道裡、百貨公司或補習班門口拉人。我和盧子則坐鎮總部——火車站前的「哈帝」[2]，負責蓋票和分票。

賺不賺得到錢我真的覺得不是那麼重要，只是我喜歡每次一說又要辦舞會了，

編註2：美國速食店連鎖品牌。

就有那麼多人來跟你一塊兒忙、一塊兒累的感覺。甚至，每次老爸出國留給我的伙食和零花錢，我都把它們省下來——一個人吃最好的牛排又有什麼意思呢？

常常半夜裡餓醒了，爬起來隨便塞兩塊餅乾，又再昏沉沉地睡下去。睡眠是我克服飢餓和無聊最好的方法，而省下來的錢，又全部投進了包場的生意裡。我投資的是我們一夥人永遠激越、喧鬧、張狂的青春！

或許是我們幾場大手筆的舞會辦下來，頗出了一點小名，所以那天小白是主動來搭訕的：「要我幫你們發卡片嗎？」

記得她穿了一身黑，臂上箍著流行的大金鐲，眼眶四周描著粗粗的眼線，可是那張臉仍然孩子氣得很，嘴角像吃奶嘴的娃娃微微翹起。盧子只當是一般的落翅仔，順手分了一疊卡片給她，沒想到舞會當晚，她一個人就帶了二十幾個男男女女等著進場，把我和盧子嚇了一跳。

照規矩要給她錢，她竟然不收。

當天的舞會算是成功了，分完帳我們還淨賺一萬多，只是有點人滿為患，我們自己下場的興趣都缺缺。

結果壞也壞在當天龍蛇混雜，我們來者不拒。到了中場，有兩票人一言不合大打出手，只見砸燈摔杯子，一時鬧哄哄像失了火。

「還不走?!」還是小白推著我和盧子從後門溜了出去：「待會兒條伯伯來了，你們非進警察局不可！」

小白，就這樣撞進了我們的生活。

從有人滋事的舞場逃離，我們三個就像今天晚上一樣，漫無目的地在街上晃蕩了許久。不同的是，心情。那時覺得一切都是新鮮的，素昧平生的小白自有一種引人好奇的魅力，讓人不能拒絕，最後我們竟然接受了她的提議，去看了一部叫《尋找蘇珊》[3]的電影。

那是講一個傢伙從來不知道他的馬子究竟吃哪兒住哪兒，每次從外埠回來，只

編註3：《尋找蘇珊》（*Desperately Seeking Susan*），一九八五年上映的美國喜劇片。由蘇珊雪德曼（Susan Seidelman）執導，當紅女星瑪丹娜（Madonna）主演。

有在報上登一則啟示：「迫切尋找蘇珊」，蘇珊看到報紙，就依指定地點去和情人會面。至於平常的日子裡，蘇珊則像一個狡黠的精靈，在紐約四處招搖撞騙，活得理直氣壯，生活是一連串的驚險與刺激。

小白就有點像蘇珊，同樣都有一種莽撞的生命力。

她沒有念書，也沒在工作，家在南部，現在暫居台北舅媽家，眼前唯一的生活目標，據她所說的，就是等她那個從未謀面的父親，為她辦好身分之後，她就可以移民美國。

「屌什麼屌？」盧子每次聽到她沒事就愛跩兩句比我們高明不到哪裡去的英文就火大：「就是私生女嘛！」

念商職的少女，和正在就讀大學的鄰家男孩暗中交往了好幾年，小白就是在那男孩留學後才出生的，沒人肯承認。直到去年，那個已經在美國定居的男人發現妻子不孕，才回頭想起他曾經遺棄過的骨肉。

「我就要離開這個城市，這個國家了！」

小白每次碰到什麼事不順心，就愛如此安慰自己，最後再補一句：「Who cares？」

但是我在乎！

吊在距離地面不到五公分的地方悠悠打轉的電話筒，突然映入我的視線。我咬著指甲，瞪著那具話筒，很有一股衝動要把它掛回去，我想聽聽他們有什麼更好的解釋。但是我更怕再一次愚弄了自己，也許他們正舞得忘憂，不僅不會想到我，反而還在嘲笑我的敏感和脆弱？

想起我們三個剛剛在體育館裡，曾有一剎那是手挽著手緊緊擁靠在一起，我真懷疑是不是我自己的錯覺？所謂朋友，究竟是怎麼一回事？彼此共享過的歡笑與眼淚，是不是就可以彌補欺騙與背叛？——

「為什麼會發生這種事？」

在手術室外的走廊上，我這樣問過盧子，曾經答應過小白，要替她保守的祕密，這時再也無法隱瞞了。但是她開口要跟我借錢的那副悒悒的表情，我永遠忘不了。

「八千塊不是個小數目。」我說，同時不忘挖苦她兩句：「妳和盧子一樣，只有要用錢的時候才會想到我。」

「阿翔，我有麻煩，真的。」她握住我的手，眼光裡帶著懇求。我心一軟：「好吧——不過一定得先告訴我用途。」

「我要去拿孩子。」

盧子的孩子！我差點從椅子上跳起來，說不出是憤怒還是驚痛，全身熱辣辣像褪了一層皮。阿翔，你一定還是處男吧？——小白曾經用非常親暱的口吻，半認真半玩笑地這樣問過我：你最好還是，否則，我就實在想不出你生日的時候該送你一份什麼禮物了……

我竟然就答應她要為她籌這筆錢，還有，不告訴盧子。誰知道盧子載了小白騎機車衝上了安全島，他不過皮肉擦傷，小白卻進了醫院。

「我怎麼知道，她是、她還是——處女？」

盧子面對我的質問，顯得有點慌亂而緊張：「是她自己願意的！如果我知道她還是的話，我絕對不會那麼做的……」

是這樣子的嗎？

我一直當作是口頭上玩笑的事，它真的發生了，而且就發生在自己身邊，我竟渾然不察。

我一直以為我們的關係像是兄弟姊妹，多麼幼稚可笑的想法！我居然到這時才發現，朝夕相處的伙伴早已經悄悄潛入成人世界，跑了好長一段，卻把我遠遠的拋在後面不顧……

但是，出錢來處理善後的卻是我。舞會包場的投資基金付完兩天一夜的醫藥費，所剩就無多了。流產後的小白一直教我們不要通知她舅媽，怕他們會責怪她，但是我不想給自己再找任何麻煩了，我應該把她再丟還給真正的大人。她出院的那天早上，我鼓足了勇氣，私自撥了一通電話過去：

「喂您好，我是，嗯白雯美她、她朋友——」我結巴地對電話那頭的中年男人道：「您您，您是她的舅——舅嗎？」

「什麼？」中年男人的聲音透出強烈的不滿：「我是她爸爸！你到底要找誰啊？——」

我當場怔在那裡。半天，才一點一點收拾起碎片似的思緒——原來、原來這都是她的謊話?!我立刻掛上電話，從未有過如此無力又孤單的感覺。

孤單，我最害怕的一個字眼，竟然連在新年的凌晨也不放過我，讓我在半夜一點多，守著線路暫停的電話聽筒怔忡，發現自己的企圖只是一團矛盾渾沌。

盧子習慣性會對著任何出現身邊的鏡子瀏覽自己兩眼，不經意整整垂在額前那一綹很性格的短髮，這樣的小動作無意間又從我腦中閃過。

如果給我像盧子的那副身架，還有那張早熟的臉孔，每次跳舞時總引來紛紛目光和交頭接耳，我不知道我是不是會活得快樂一點？

即使如此，我不知道自己是不是就一定會跟小白嘗試那種事？

我突然有點同情小白。

聽演唱會是她的主意，我們約在中興百貨碰頭，聖誕節剛過，二、三層樓高的大龍柏仍未拆，閃著千百顆輝煌的星星光點，矗立在暮色裡。騎樓裡的燈光溫柔而明亮，來來往往的行人在經過聖誕樹下的時候，一定都要抬頭仰望樹頂上最亮的那顆大星星，然後愉快地露出微笑，繼續走過一扇扇裝飾得宛如巨型聖誕卡似的櫥窗，耳畔是馬路上熱鬧喧囂的車馬聲，還有百貨公司裡傳來的那首〈Forever Young〉[4]。

讓我們在年輕時死去吧

要不就讓我們能永遠年輕……

「如果有一天，我對台北這一切都厭煩了的時候，該怎麼辦？」盧子突然對著眼前歡悅的景象發出這樣的嘆息。

小白眨了眨眼，對我擠出一個苦笑：「如果我到了美國，發現那裡一切都沒有

編註4：一九八四年由德國電音團體 Alphaville 所發行的專輯主打歌。

想像中好的時候，該怎麼辦？」

為了種種我說不出的理由，我始終沒有揭發她虛構的身世，我仍故意裝作一切都不知情地：「不會啦，妳會喜歡那裡的。」

她披了這樣的心情、這樣的幻想，才能在這個五光十色的台北呼吸微笑，我又怎麼忍心將她這襲保護色撕裂，拆穿她的自卑與自憐？

也許她不知道，她這樣一個謊言，無形中為所有可能的破碎與離棄，做了一種淒涼的修補。在我們的年紀，本來就沒有什麼是永久的，她竟已給自己預留了最好的退場……

如果有一天，他們永遠離開了自己，我是不是能再回頭去過我原本安靜、正常、孤單的日子？

吃力地懸盪在那兒的話筒被我又放回了原處。

這一夜並沒有任何的電話。

假期過後回到學校，一大早就有同學擠在一堆搶讀一份報紙。我無精打采地把書包往座位上一丟，隨即就有人叫住我：

「阿翔，盧子還會不會來上課？」

「什麼？」我皺皺眉，不懂他們在說什麼。

「哎呀你沒有看報？」

好幾張臉突地全抬起來面向著我，跟著報紙從那頭嘩嘩傳了過來。娛樂版上有一幀男女的彩色合照——湯白公司新戲開鏡，《新生代的話》啟用男女新人，郝文華和……和盧、岳、光？

「本來是要告訴你的，怕選不上，難為情……」

盧子不好意思地抓抓下巴。他說下學期就要休學了，他和電影公司簽了兩年的合同。

「恭喜了。」我不知道還能說些什麼？

「哈帝」還是跟每個放學時間的傍晚一樣擁擠、嘈雜，穿著各校制服的年輕人們忙著呼朋引類，好不囂張。

「小白現在找到一份工作，」盧子從窗外的車陣中收回視線：「在台中『全國』的西餐部做服務生。」

「為什麼跑那麼遠？」

「人家介紹的吧？聽她說待遇不錯。」他從口袋裡掏出紙筆來：「她要我把她的地址給你，希望你給她寫信，她說她最遲明年會去美國……」

噢，是這樣子嗎？我不敢確定臉上出現了什麼反應。趁著盧子在振筆疾書，我急急撇過頭去，滿室躍躍的人影，竟就在我的視線中朦朧了。

小白小白，我默念著這個突然像是已離我好遠好遠的名字，不知道她是不是還會遇見像我們這樣的男孩？她會不會也同他們說起美國的事？甚至，說起我和盧子？

「我一直以為你恨那個圈子，再也不會回去了——」盧子一停筆，我無意就脫口而出。

「也許吧。」他把紙片對摺，交到我手上：「但是離開那個圈子後，我沒有一件事做好過。你等著看，我不休學的話，下學年也是留級。說來也奇怪，好像沒有幾個到後來不再重回那個圈子的？……」

「盧子，你還會跟我聯絡嗎？」

他好像吃了一驚：「會啊，好朋友了說這種話！」

我笑一笑。經過了這麼多事以後，我不知道自己還能不能為朋友這兩個字下定義？盧子、我和小白，本來就是三個來自完全不同的世界，想法也不同的人，到底我們對彼此了解有多少，這已經是個無從求證的問題了，也不再有什麼機會了。

「盧子、阿翔！」

一個我一時間叫不出名字的傢伙，背著書包、帶著他的馬子經過我們桌前，熱情地在我們肩上用力一拍：「什麼時候再辦舞會啊？」

一首快被遺忘的舞曲，就在我和盧子彼此眼神交會的那一瞬，不期然在空氣中響起，我發現我真的忘記它的歌名了。

秋看

端木杰一言不發，臥在床上直朝窗外看。半晌，忽然想起了坐在沙發上的卜天堯，朝他問道：「天涼了是不是？」卜天堯愣了一下：「怎麼？你覺得冷？」端木杰撐起身笑道：「這兒的冷氣一年到頭都是這樣，哪有冷熱？我是問天氣是不是轉涼了？」

卜天堯也笑了：「是啊，十月底了，連著幾天雨，就把天氣給變了。」

端木杰又躺回枕頭上，不知怎麼就調不回剛才的角度，眼前只被白紗簾擋著，悠悠慘慘。卜天堯見端木杰噯地躺平，於是走近窗邊：「這太亮了吧？」

「別拉上窗簾，我就是躺在這兒看出天變了。」端木杰趕忙說道：「你看，正天上的那朵雲，我瞧了它好幾天了，不知是不是同一朵，樣子每天總有點變——」

卜天堯湊近了窗前，窗外的景象卻教他吃了一驚，只見遠遠立了一塊青灰的石板，起初他還不大相信那是一片天，怎麼站在地上？的確有一朵雲，沒什麼形狀，灰灰薄薄，疑是結的一層灰，死在那天上了。

「這幾天都是這個樣子，沒什麼看頭。」端木杰說道：「剛住進來的時候還是八月吧？你看到外面真是好，雖然是隔了玻璃，可是藍天遠山什麼的全裝在裡頭流動，好好喝的樣子！」

卜天堯聽了也笑起來，又趴回窗前看了看，突然一陣難過結在玻璃上，把視線也弄溼了。端木杰不該覺不出來，自己才是被放在玻璃瓶裡，高高放在架子上，與一切隔絕了——卜天堯咬咬唇，猛地扭過頭：「端木，你真有意思。」

房門被推開了，是穿了白衣服的護士，推了小車子走了進來。卜天堯不喜歡她們，見到了全當成是藥片，苦的，每次他和端木杰說不到幾句話，她們就要進來：「吃藥。」

趁了把溫度計放進端木杰的嘴裡，護士也回過頭來和卜天堯說話：「下午蹺課了？」

「兩堂英文作文。」卜天堯是說給端木杰，那人抿著嘴，瞪了眼睛還不放過他：「嗯嗯……嗯嗯——」溫度計想說話似地。

「沒關係的。」卜天堯說道。護士夾在中間沒趣，收回了溫度計，朝端木杰說：

「你可以睡一下。」推了車子就要走，卜天堯替她開門，隨著跟出去。

「他已經住了快三個月了——」卜天堯低著頭去摸那小車的稜角，冰冷而堅硬。隔壁病房的門開了，赫然一張病容吊在門口，隨了點滴瓶顫顫巍巍地被推了出來。「遲早的事啊。」護士說道：「倒很少有朋友像你常來看他的。」

端木杰已經睡下去了，背了光蜷著。卜天堯站在門口，不敢走過去，見到端木杰這番光景，他都有點怕起來。那是一口半乾的井了，陰窪窪還邋了一點過去的影子。幾根骨頭扯開一張皮，五官畫在上面根本不是那麼回事，尤其是一雙眼睛像是筆太溼就點了上去，墨色全沒了，只剩下慘慘的兩灘。他真是怕。

那些藥片，沒有吞進肚裡，一顆顆全是丟進端木杰淺而無光的眼塘中了，根本化不開，端木杰的眼神裡就永遠淌著苦水，可是在卜天堯的面前，他總是那樣小心盛著，不傾出一滴。他們就隔了苦水相望，他說不出那種感覺。

卜天堯的記憶裡，端木杰的瘦是有理由的，為了他要在風裡罩一件舊的藍夾克，為了他愛聳肩，愛笑，愛在電話裡用英文……什麼都可以，但非關一個病字。記得大專聯考考完，他們開同學會，鬧起酒來。端木杰是能喝幾杯的，可是喝得溫柔。一手扶杯緣，一手端杯底，不聲不響倒滿酒，遞過一個眼色：「我乾杯，你隨意」，眉頭都不皺一下，放下杯子也不需做出酒足飯飽的抹嘴狀，只給你亮亮杯子。那天卜天堯不曉得自己醉，只是躁躁地多話起來，端木杰靜靜坐著聽，聽見卜天堯說：「端木，你就一輩子這樣瀟灑下去也就罷了！」於是又替他倒酒，他說不要，端木杰就說道：「不喝，以後沒機會了。」以後，卜天堯只見他吃藥，一手扶杯緣，一手端杯底，眉頭都不皺一下，看得悽愴。

端木杰的父母和小妹來的時候，不知是幾點，卜天堯自己也睡著了，一睜開眼，滿室陰霉霉地，外頭又下起雨來了，天也先暗了。

「他老教我們回去，有你來陪陪他也是好的，他沒有朋友啊。」端木太太溼著臉站在端木床前：「你們多好，年紀輕輕，健健康康——」她的先生站在她身後，遞給她手帕：「不要哭，不要哭。」轉過身朝卜天堯說道：「第三次入院了，這次最長，恐怕是——唉，一痛起來要命的。」

端木杰的眼睛一下子就睜開了，恐怕剛才的話都聽見了，可是沒有表情，隔了好久才放出一點聲音：「來了好久了？」端木太太趕緊把身子換個方向，端木先生也隨著後退，端木杰這才坐起身，看著大家背對著他圍在床邊。「天堯，拿個蘋果還有刀子，我削給你吃。」他朝卜天堯笑笑。

卜天堯不知所措，還是端木太太去拿了來：「你還想削蘋果呢——端木梅，把垃圾桶拿來。」穩妥地坐在床邊，開始聽兒子說話。不知何時，自己的兒子說話變慢了，她竟然沒發覺，真是莫大的驚慌，趕忙抬頭。端木杰和卜天堯聊一些畫畫的事兒，偶爾也夾幾聲輕笑，忽然端木杰眼睛望過來：

「媽，天堯很會畫畫呢，以後我的墳就請他畫樣子——不花太多錢的那種，好不好？」

卜天堯在一旁聽見這話很是吃驚，又好像與他無關，卻見端木太太低了頭只管削蘋果，隔了一會兒才抬頭看他。那眼神怯怯地，又極有耐心地把剛才的話理理好收了起來，全放在眼底壓著。

天已經全黑了，一張夜就那樣整整齊齊糊在窗口，稀落落的雨聲好像是有人撥簾子玩，那簾子又是掛在夜的背面，看不見卻讓人聽了心焦。

端木家人陪了卜天堯吃過晚飯回來，只見端木杰枕著自己的手，硬是眼睜睜地不肯休息。

「哥，你怎麼沒睡？」端木梅先推開門進去，沒人想到開燈，一擁全站到床前來，端木杰視若無睹。聽見妹妹問話，也不知想到什麼，哼了一聲。

黑黑的夜不流通，把整間病房占滿了。忽然端木杰一個翻身：「雨停了沒，我想要天堯陪我下去走走。」端木太太首先異議：「天涼啊。」端木杰卻伸出手來拉卜天堯：「好不好？」端木先生也說：「天堯明天有沒有課，明早再去——」端木杰竟然真動了氣：「不要！」

等卜天堯陪著端木杰坐進電梯，他才後悔，不該答應。首先電梯裡的人，對一個病人活生生闖進這麼小的空間，他們是不原諒的。卜天堯只好側過身來，半個身子蓋著端木杰。「還好癌症不傳染。」端木杰軟軟地垂下頭，卜天堯和他面對面，一股藥味衝上鼻來，教人一驚——那是醃過的味道！

出了大樓，一陣長風就將端木杰的睡袍吹開。藍睡衣睡褲，黑色睡袍，放在夜裡這個人就不見了，整個人深沉地帶來一個睡字。

端木杰幽幽地抬頭道：「月色朦朧。」衣衫不住地飄動，只是不見人動，卜天堯一旁攙著也變得恍惚，跟著仰頭發怔。病人的胳臂抓在掌裡只像個把手，不知覺還用了一點力，怕風長長地就要帶人走了——可是他的身體怎麼飛得動？卜天堯才覺得自己荒謬至極，端木杰又說要走走。

端木杰走得極不穩，卜天堯得緊緊跟著，覺出對方的步子顯得多心急，可是根本不知他想去哪裡。卜天堯總以為端木杰是不是聽見一些他聽不見的聲音？不是風聲，不是落葉聲——他一沒注意，竟然聽不見端木杰的呼吸，趕緊去找端木杰的臉。

「我發覺自己一直活得好靜好靜，其實那是一種寂寞！」端木杰斷斷續續的念叨。卜天堯心頭一落，端木杰應該在這世上多製造些聲音的，從來都只見他端端地坐著，淡淡地笑著。別人一到考試前，不是發了瘋似地大聲背書，就是拚了命地胡鬧，高中生活本該是鍋裡的油，鍋燒得愈熱，油爆得愈響，只有端木杰，向來只是笑著看他們玩。他一直是在忍受多少年來會結冰的寂寞，本身太優秀的條件會使溫度更低。他犯了一項錯誤，他在眾目睽睽之下更注意自己的型，結果大家只見到那一塊冰，看不見他的人。

他們走走停停，端木杰又說要認星星，兩人一塊兒望起天空來。那星星像是一點一點的小針孔，還有一種會從小孔裡掉下來些什麼的寒意。

「這裡沒有桂花，好奇怪啊。桂花香。你還記不記得以前我們上學的路上，學校的桂花全伸到牆外來了。」端木杰左觀右瞧，心情又好了起來：「我們吃桂花湯糰，鹹鹹的。」

卜天堯聽了半天，不知道端木杰說了一大串，有什麼含意？端木杰繼續說：「小時候都不知道桂花是什麼樣子，只會說『春蘭秋桂』，沒想到那麼小一朵會那麼香。」卜天堯才確定他真的只是說桂花而已，和所有的人一樣，想到什麼就說什麼。「還有桂花茶呢，你喝過沒有？」他想了想也說。走出了桂花探頭的紅磚路，端木杰就走進了病房，他考上的第一志願，他應該享有的成長，他的一切優秀全插在那一片被遺忘的桂花香裡了。

猛然發覺病房大樓的燈光已經完全在身後，他們把腳步放慢下來。「天堯，有沒有遇見心動的女孩？」端木杰把手搭上卜天堯的肩：「總有幾個吧？」卜天堯聳聳肩：「有是有，不是那個意思的。」端木杰調皮起來：「別唬我沒上過大學，什麼意思啊？」卜天堯只顧笑，舉手就要打下去：「少裝！」氣氛慢慢濃了，端木杰也想看看身邊是不是還是理平頭的小孩，不是了，不是了——「天堯，我寧願還是十八——」端木杰突地心底一抽：「你要來哭我，我聽得到，也許不，可是——」

卜天堯橫過臉要抓端木杰的肩，端木杰退了幾步，他再跟上去，聲音又綿又捲：「我們別去談，我不可能抓著你說你不會死，可是你要我怎麼說？——我怎麼可以——端木杰，我是說我們不談這些，你應該懂我，我該做的，我都會為你做！」端木杰不言語，青薄的面皮也模糊起來。端木杰道：「現在哭的不算，要那時候再哭。」

端木杰說不想走了。「恐怕，我走不動了，走回病房太遠了——」說著轉過身去望遠處的燈光，才發現剛才走的是一段小的斜坡，如今竟顯得好陡，他害怕了起來：「天堯，風大了是不是？」

卜天堯一時也被搞得心亂，他是和一個病人在一起啊。「你先坐這兒等我好不好。我回去推輪椅。」端木杰朝著他點頭，兩汪淺淺的眼裡，根本裝不下這陣驚濤駭浪。他扶他坐下，轉身要走，端木杰又拉他，卜天堯只覺得腕子上被注射了什麼似的，觸覺是真實的，等到傳進體內，血液流進心臟，那感覺卻變得虛幻，他真正意味到那是死亡。

沒有人想死，所有將死的人都渴望抓到點東西，恐懼自己是不是死得其所，可是誰來論斷是否死得其時？……卜天堯走沒幾步便回頭一看，一邊朝了燈光趕。他不知該走多遠，才看不見那個窄窄夾在生命的頁裡的影子。

這些人和那些人

三面玻璃的大廳，像是一只小玻璃盒子，放在街心。周圍全是人車，在攝氏三十五度的白熱中繞來繞去。廳裡燦亮非常，教人眼迷。左右兩頭各有一架閉路電視，千篇一律出現的除了漢堡薯條，還是漢堡薯條。帶子放得久了，顏色有些不準，像沾了些鞋底上濛濛的灰。可是在隊伍中等待的人們，依舊抬著頭觀賞，一點也沒有影響到他們的食慾。

此起彼落都是「歡迎光臨，請問吃點什麼？」健康而愉快的聲音，在一片忙亂當中，是唯一的安定力量，教顧客們都覺得希望近在眼前，一個個都好脾氣地候著。

「搞什麼鬼啊？」胡家元排在一列看起來人較少的隊伍裡，可是隔一會兒他仍要踮起腳看看櫃檯情況：「媽的，服務生跟個老外講不通，怪不得隊伍動都不動！」和他一道的鄧明排在他後面，聽他說話光是笑，或是嗯嗯兩聲。他們兩個一般年紀，可是鄧明要高出半個頭，所以每次低頭聽對方說話，都會有一種父愛似的耐心出現在動作裡。

他倆剛剛游完泳出來，頭髮都還溼淋淋地，全往腦後抹去，在人裡看起來很乾淨醒目。人們看他倆，他們也看別人。在場的顧客年輕人占了一半，大都符合今夏流行的氣象，在大廳裡隨便採個角度，都可拍出一幀時裝海報來。

擴音機裡換了一捲音樂帶，是排行榜上轟動一時的〈We Are The World〉[1]：

We are the world
We are the children
We are the ones who make a brighter day
So let's start giving……

「這裡的東西，真是——沒什麼好吃的。」胡家元好不容易解決了托盤裡的

編註1：一九八五年美國聲援非洲飢民的慈善歌曲，由麥可傑克森（Michael Joseph Jackson）、萊諾李奇（Lionel Brockman Richie, Jr.）共同創作編寫。

食物，看看眼前狼藉的紙杯、吸管、餐巾……一大堆，又看看不遠處的電子顯示幕，一遍遍打過：「本公司第八店，將在八月八日在羅斯福路隆重開幕。本公司第八——」

可是坐在這個地方使他愉快，隔了冷氣和冰紅茶看陽光台北與年輕的人群，他真想站起來大呼一聲：「老子考完了！」

他與鄧明原是高中同班同學，可是第一年考場失利，辛苦拚了一年後，大學在望，教他既興奮又辛酸。考前最後一個月裡，到處的圖書館都爆滿，他每天一大早來這兒占位子，鬧中取靜，效果並不差。湊巧鄧明也別具此慧眼，他則是在準備期末考，就要升大二了。

「媽的，下禮拜成績單就出來了。」胡家元咬著吸管，折啊折的，又看看鄧明，一貫愛對著人會意地笑。

鄧明這小子還不賴，他想道。同班的時候他們雖是一黨，成天笑鬧不斷，可是鄧總有種旁觀的神氣，彷彿不群。而原來打籃球、追女生的哥兒們上了大學，多半就樂得沒影兒了。這次和鄧遇見，還是他主動來招呼。有時念得忘了時間，鄧明總是周到，帶個漢堡放他桌上。碰到他英文文法搞不通，也是請教鄧明。

「台大沒問題吧？」鄧明半天忽然開口了。

「嗤。」胡家元翻袋子搜菸：「像我老哥？念得屌屌的。」

「你哥幾年級了？」

「今年畢業了。在等當兵。」胡家元自己叼上一根菸，又遞給鄧明一根，邊點火邊說：「現在苦得要命，他啊跟他馬子在談判，不知道什麼結果，大概會吹。」想起來又說：「我哥太花了，人長得是很帥啦，比我高。」他比了比：「打電話找他的女生一大堆。」

鄧明望著他叼菸的樣子——微瞇著眼，嘴角愛笑不笑的，很得吸菸樂趣。忽然見他臉上表情一變，有點滑稽相地叫了起來：「有這麼巧的事？——我哥，還有他馬子！」

「哪裡？」鄧明也隨著胡家元的目光，轉過身去尋。

胡家元只管揚起手猛搖。鄧明先是見到一個女的有了反應，漠漠望過來，隨即又拍拍身邊的人。男的完全背對著他們，聽那女的指點，他連試了幾個角度，總算才轉到他們這個方向來——

鄧明大吃一驚：怎麼會是他？

那人是麥可，怎麼會是胡家元的哥哥？

他看見對方的臉上也是一愣，更確定沒有走眼。那人把身邊的女子留下，逕自朝他和胡家元這兒來了。

「我高中同學，鄧明。」胡家元為他介紹，拍了下他的肩：「嗳，這是我哥，胡家成，成功的成。」

鄧明抬頭，胡家成正在瞪著他——難道真的要相認麼？鄧明念頭一轉，還是逼出一個笑來：

「你好。」

「嗳。」胡家成應道。

胡家元忙打聽那邊的女子：「小歡姊怎麼不過來？……怎麼回事啦，啊？……」

鄧明得了空檔，便往另一頭看去。胡家元喚小歡姊的女子正面朝著他們這一桌，盯準了麥可。鄧明已經看出她臉上有棄婦的顏色，不知麥可給了她多少氣受，卻仍揮之不去，可是鄧明知道，她一定會離開麥可的！

麥可跟他提起過她，臉上愁慘外還有愧色：「本來不是我的啊，她男朋友是我室友，大家都熟的。我不懂她，她說她真的喜歡我，我本來以為或許她能改變我的生活——」還是會分手的吧？他問。「可是——」麥可苦笑道：「能告訴她真正的原因嗎？」他也不多問了，兩人躺在黑裡，誰也不看誰。他倆是在一間特殊的吧裡認識的，彼此對望了半天，最後是麥可主動過來邀他跳舞，擠滿了男人的舞池……一度他們是很親密的了，可是他只知道他叫麥可。有些人擅於保護自己。

沒想到會在今天這種場合重逢。鄧明搖搖頭。

「人太多了，我們要去 Pucci。」胡家成的聲音。

胡家元接著說：「真可惜，你們來晚一步，否則就可以趕上幫我付帳了——」

「可是 Pucci 人也多！」

鄧明不知道自己為什麼要搭腔，話出了口，自己都心驚口氣裡那股熟勁兒，沒法只好轉衝著胡家元傻笑：「暑假裡全是學生。」

胡家成扭過頭奇怪地看著他。他心底一沉，想麥可還真對他起了防備之心，實在小人。

那兩人果然就要換地方，走出了小玻璃盒，在陽光下顯得有些煙飄飄地，彷彿光是兩縷影子。胡家元看著他們走向停車場，自顧地說：「他們一定要吹了，大概今天就是個談判日，哎，感情這種事——」

他已經找到他哥的車停在何處了，卻半天不見人到，目光拉回去，原來還站在原地呢，是陽光裡兩抹淡淡的顏色。

「胡，你，再，說一遍——」

雖是大太陽底下，王歡看著胡家成嚴肅的面孔，但覺一陣冷，劃進胸口：「你說你是什麼？」

「我們還是分手好了。」

王歡舉起手就給了他一巴掌，然後當著場子上來往的人就痛哭起來。被太陽曬得發燙的頭髮黏著了淚水，掛了一臉，哭得慌亂異常，而且感到無盡的恐懼，彷彿站在她面前的不是人，是她從未見過的一種東西，不知道會怎樣的傷她。

緩緩抬起臉，才發現「他」也哭了，全然不是她那種哭法，光是呆在那兒，臉上的線條平平垂下，那淚痕就那樣平整地從中走過，一直溜到了下巴上。刮青的下巴，被自己的淚溼得晶晶亮亮，她橫下心，告訴自己不得為他擦拭。

「我送妳回去吧。」胡家成拉拉她。

「不要！不要！不要！」王歡歇斯底里地大叫起來：「不要碰我！你手拿開，不要碰我！」

胡家成真恨不得死了算了，為什麼要告訴她？難道真的沒有更好拒絕她的理由了嗎？「小歡，不要這個樣子，我要是真的想騙妳，我可以編出一千種說法——」

她突地又埋下臉，眼裡的淚水又蓄滿了，聲音從摀住的雙掌中嗚嗚傳了出來：「你住嘴！」

「小歡——」

「那江逸航呢？」王歡嘩地抬起臉，抓到了更有力的控訴，長長吸了一口氣：「他對我多好？你明知道為什麼還要來攪局？對你有一點好處沒有？你為什麼不去找別人去你?!——」

「妳自己說，妳真的喜歡江逸航？」胡家成的耐心一下子失去了：「是妳和他分手在先，對不對？」

「就算我不喜歡他，我也不能和你——你你，這點你應該知道得比我清楚，為什麼還要這樣害我？」

兩個人一下子都不說話了。要駛出停車場的汽車，都不停地撳著喇叭，發現無效只好小心地從他們身邊繞開，他們像兩具假人放在那兒對望著，對陽光、灰塵、聲音已經完全沒有感覺。

所有的經過，在小玻璃盒的這頭看起來是完全的一齣啞劇。胡家元看見自己的哥哥被甩了耳光；又流了一臉的淚，困惑以極。「怎麼這麼嚴重？」

鄧明看得尤其心驚，簡直都知道他們說了什麼話。他不僅為那兩人難過，也為自己難過。

「老鄧？」

他轉過臉望著胡家元，又是一抽：他和麥可真是像，怎麼今天才發現？

他無言地笑笑，又看窗外。那兩人已經不在那兒了，只見一輛灰色的福特車從整整齊齊的車列中開了出來，油門踩得急，一下就衝上了馬路，彷彿也忿恨滿膺。

午後台北的陽光威力更旺，氣溫仍繼續升高之中，到處一片刺目的亮。

江逸航的家中冷氣嘶嘶大作，只有他一人在，正戴著耳機，刷刷地譯著正在放映中的錄影帶。

忽然對講機響了，他沒有接聽便按了鈕，大開了門戶。范以學就住他家附近，剛剛電話裡說要過來的。

結果聽見是兩個人的聲音，江逸航回頭才看見還有個邱玲玲，忙地就要停下錄影機，卻被邱玲玲喊住：

「什麼鬼鬼祟祟的？不讓我看？」

范以學先進來坐下了：「還在翻譯這玩意兒？」

螢幕上出現的是激烈做愛中的男女。范以學指指電視：「這兩個搞好久了？」

「老范，少討厭噢！」邱玲玲陪著江逸航在地上坐。

「賺錢嘛。」江逸航道：「其實我也不怎麼想做。」

「那給我做好了。」范以學笑咪咪地。

「老范這個人真是不堪。」邱玲玲回頭瞪了一眼。她剪得小男孩一樣的短髮，卻戴了一只奇大的耳環，整個人看起來精力充沛。

「邱玲玲，妳別過河拆橋，是妳要我陪妳來找江逸航的，別忘了！」范以學對自己中間人之身從不避諱。

江逸航心裡還考慮著到底要不要關電視，一時沒會過意，只見邱玲玲嘟著嘴，朝范以學做了個十分精怪的表情。

「喂？」這時電話響了，江逸航拿起話筒，聽見一聲短促的「嘟」，是一通公用電話，可是那頭的人遲遲不說話。「喂？找哪位？」

「逸航，是我。」女子的聲音。

「啊。」

王歡王歡，這二字怎麼也衝不出口，太過生澀了，向來在電話裡叫她「歡」，可是那是多久以前的事了？他再不曾與她說過話。「有什麼事嗎？」

「我覺得很糟糕——」

「妳人在哪兒？一個人嗎？」

「我為什麼那麼蠢？」

「什麼？」

「我為什麼像個傻瓜一樣，被人利用了那麼久？」

「怎麼回事？妳——喂？喂喂？」

先是聽見她在哭，半天才出現了一聲「喀」。

說到這裡便斷了。江逸航怔在那兒，半天才掛回話筒，說不出是什麼感覺，倒有點像剛分手時常作的一個夢。

「誰啊？」邱玲玲趕先就問，見他神色恍惚得很。

江逸航咬著牙，考慮了半天，才說出那兩個字：「王歡。」

「噯，我們剛才還在 Pucci 看到她和胡家成在一起！」邱玲玲忙推推范以學的膝頭：「對不對？」

「是看到了，可是沒打招呼。」范以學很怕這種渾水，盡量說得簡單。「他們兩個看起來有點怪怪的。」

「哦？那她和老胡？——」他故意裝得不在意。

「她說了些什麼？」邱玲玲當初就十分不齒王歡的作為，為了江逸航，她更要仗義執言：「她還有什麼不滿意？」

「你們誰知道，老胡是不是新交了女朋友了？」

「江逸航，我覺得你這個人真是——」邱玲玲氣不過：「那時候我們幫你撐腰，你什麼都說算了。現在她被甩了，回頭找你，你還要往自己身上攬？」

「不關妳的事喲，邱玲玲。」范以學直吐舌頭。

「我沒有說要管她。她喜歡胡家成，她當然自己負全責！」另外有女子這樣的體己，江逸航立刻覺得那通電話不能忍受：「當初她還不肯講是因為老胡的關係，後來我才感覺到，每次我們一起出去，只要有老胡在，她就換了個人似的。人家有沒有說要她噢！」

「看走了眼吧？胡家成就是生了張臉！」

范以學忽然在一旁壞笑起來：「邱玲玲，妳倒是女性柳下惠啊？」

江逸航抹抹臉，想把剛剛那通電話忘記。眼前的邱玲玲，他知道她老在對自己示好，可是自從與王歡分手，他對自己的感覺實在沒有把握。不管王歡也好、邱玲玲也好，他馬上就要入伍了，何苦再惹這些事？

可是邱玲玲倒也有她的好處，她也是過來人了，彼此都不是第一次，總會看得開些吧？江逸航想道。

「別想了別想了！」邱玲玲以為他還在為王歡的事煩惱，死勁搖他：「我們陪你上街玩玩，你啊也沒幾天自由日子好過了。」

「還有我也是！我也是啊！」范以學欣然附議。

兩票對一票，提案通過。三人在東區流連了大半天，其實都是找了不同有冷氣的地方鑽進去：電影院、百貨公司、咖啡屋、書城。一直到了晚上九點，三人才從一家叫「光」的歐式自助餐廳解放出來，沿著南京東路的紅磚道慢慢蹓躂。

江逸航的心情依然灑脫不了，當著人不願顯露出來，心裡卻一直盤算著，今晚，或是明天好不好給王歡一通電話，再問個清楚呢？

「噯，跳舞去好不好？」

范以學一個人在前頭走著無聊了，忽然回過頭來問。

江逸航抽出了一直被邱玲玲勾著的手，停下來問：「好麼？」

邱玲玲聳聳肩：「Why not？」

「林森北路就在前面嘛！」范以學指了指對面的馬路：「去 Phoenix 好了，閒雜人等少一點。」

綠燈一亮，他們三人走成一橫排，穿過了斑馬線。九點半了，林森北路上卻是燈火通明，讓人覺得今夜真可無盡地延長下去，毫不擔心。

晚間的氣溫雖然暖和，卻仍有悶熱的風，混著車輛的廢氣一陣一陣拂過。胡家成操著方向盤的手完全是下意識的動作，在台北的夜色裡穿梭，忽然也覺得迷惑了：剛剛才經過的地方，怎麼又開了回來？

王歡也發現了：「你要開到哪兒去？」

「前面是林森北路。」他繼續踩著油門，十字路口碰著了紅燈，乾脆轉彎，林森北路又被留在車後了。

她堅持不回家。兩人駕著車從日正當中，一直華燈初上，到現在已是夜闌了。兩人的情緒目前是穩定的，眼看大風大浪快要過去，胡家成既覺舒了一口氣，同時也惆悵——一切要結束了，所有的愛也好，恨也好，都要結束了。他不知道她是否也是這種心情，把真正的結局留給明天，始終沒有「好了，我要下車，再見了」這類分手用的台詞，只有緊緊拖住今夜的尾巴。

「我今天晚上不想回去！」忽然王歡冒出這樣一句。

「到我那兒過夜？」

王歡別過頭來看著胡，敏感地聽出話裡對他倆現今關係的諷刺，倒有些哭笑不得，索性就說：「去跳個通宵舞吧！」

「要我陪嗎？」

王歡被他這麼一問，還真不知如何作答。她一直不相信自己真的失去他了，她得到一個最好的，也是最壞的分手理由，卻幻想那只是個黃色笑話，說說嚇唬她的。她真不想放手讓他去過他們那種人該過的生活。

給江逸航打電話，那是她最不能自持的時候，說沒幾句，她便不抱希望——有誰會相信她這種愛情悲劇？她才知道，也沒資格嫌胡，兩人一起滾了這麼久，何其有幸今日共享到這樣一份夾七夾八的罪惡感和失落感？

和胡還真是一對可憐蟲了？「你知道上哪兒跳舞嗎？」她悠悠地問道。

胡家成溫柔地笑了笑，把車子掉了頭，便往林森北路方向開去。

Phoenix 是林森北路入夜後生命力最強的地下 Disco。晚上九點一到，三十坪不到的場地，便擠了上百的人。不同於其他地下舞廳，來這兒的人少見十四、五歲的小流氓、落翅仔，反倒以大學生、和剛進社會的年輕人居多。

鄧明是因為一個朋友介紹，暑假裡得了一份控制燈光的工作，就在 Phoenix。

「怎麼今天懶洋洋的？」與他搭檔的阿力是這兒的 D J，他們工作的位置緊瀕舞池邊緣，用木檯子圈起來的一小塊地方。

鄧明不說話。聽見音樂變了，他便機械式地調整眼前的燈光控鈕。這兒的燈光熱鬧有餘，可是創意有限，什麼魔鬼燈、雷射、水晶舞池……塞滿了小小的場地。鄧明忽然興起一種發洩的情緒，將光怪陸離的色彩，直朝舞池裡密密麻麻的人潑灑上去，紅、藍、綠、黃……

「真不懂是先有這種地方，大家才跑來消費一下，還是先有這種需要，才產生這種地方？」

范以學端起啤酒杯，咕嘟灌了一口。

「這有什麼不同？」邱玲玲回他一句。

「不一樣啊，我哥他們那一代，只有自己在家裡開陽春舞會，就算跳過舞了。」范以學望著池子裡舞得激烈忘我的人們說道。

「下去跳吧！」邱玲玲站起來：「江？」

江逸航搖搖手：「等一下吧，人多得可怕！」

「好，待會兒你請我跳慢的，人少！」邱玲玲皺皺鼻子笑道，然後和范以學擠入了那人堆裡。真像下餃子一樣！江逸航面對眼前景象，有感而發想道。

雖然舞池裡已爆滿，可是一直不斷地有人來，江逸航覺得一下子前後左右都站滿了苦無安身之處的人。

「哎，怎麼這麼多人？」

忽然聽見一個苦惱的聲音。這兒的音樂分貝過高，說話的人幾乎都是用喊的，江逸航很訝異這種情況下他還能聽見某人說話的內容，不覺得回頭望了一眼。

王歡！他失聲便叫了出來。

江逸航不知道她怎麼還跟胡家成在一起？下午那通電話——「老胡，畢業典禮後就沒看見你啊。」他情願先跟胡家成打招呼，在學校天天見面的，二人始終也沒扯破臉。他這種作風，一直遭人背後取笑，他也不管。

胡家成自是尷尬非常，訥訥說不上話。看見他一人坐了張桌子，便問：「還有人？」

「范以學和邱玲玲。」江逸航邊答邊策畫該不該請他二人同桌。

「小歡，妳先坐一下，我去那邊轉轉看有沒有位子。」

也不知胡家成是不是故意，就這樣走了。王歡今日裡只有這一刻和他離得最遠，她垂著頭不敢看江逸航。

「妳——還好吧？」

知道江是在問剛剛他所看到的場面，她不知怎麼向他解釋，不自主搖搖頭，又點點頭：「很好。」

「有什麼誤會都可以說清楚嘛。」江逸航見她那副樣子，也不知如何接下去：「我是說，看到你們還在一起，我，我很高興。」雖然沒有幸災樂禍的心情，可是他一直以為她應該吃點苦頭的，否則她比較不出他是如何待她的。

「我們——」王歡有點自嘲地：「結束了啊！」

倒是第一個鐘頭的快舞，在全場一陣狂呼亂喊之中告一個段落。換上來的是抒情的曲子，可是透過那樣激烈的大音箱，仍像是驚濤駭浪，十分可危：

Do that to me one more time

Once is never enough with a man

Like you……

許多剛才跳得筋疲力盡的人紛紛撤下。范以學和邱玲玲才上場沒多久，同來時仍精神抖擻：

「江，可以上了吧？」邱玲玲一眼瞥見黑裡頭坐著還有個人：「王歡？」

「嗨。」范以學也打招呼。「怎麼沒看到老胡？」

胡家成正在吧檯叫飲料，忽然被人拍了一下。「是你？」他真不敢相信又見到了鄧明。

「胡——家——成？」

「還是叫我麥可好了。」胡家成訕訕地說。

「想通了？跟你的女朋友說了？」鄧明轉向吧檯服務生喚道：「克利斯，給我一杯冰水就好了！」

胡家成十分黯然地笑了笑。「你呢？現在有伴嗎？」他仔細端詳鄧明，幾個月前在吧裡認識的感覺已很淡了。

「我最近都很乖啊，一個人。」

胡家成很了解地點點頭。突然，一個念頭鑽進了腦袋，「你真的是我弟弟的高中同學？」

鄧明聽說，撐不住便笑了起來：「拜託——」好不容易順了氣，又道：「要是一門出了兩個，看你爸不氣得跳淡水河去！」說完又呵呵笑起來。

胡家成一點也不覺得好笑：「你別和胡家元亂說，啊?!」

鄧明打了個呵欠，定神看著胡家成：「不要胡思亂想！我跟家元是好朋友。」

兩個人都不再多說。胡家成端了兩杯酒，說要過去了。鄧明半天才想起來該問他這句話：「你今天早上真是夠狠的了，不是嗎？」

「I'm Sorry。」對方苦笑道：「除了那樣，還能怎麼辦呢？」

等胡家成回到了放下王歡的地方，看到一圈圍坐著還有江逸航、范以學、邱玲玲，個個臉色深沉，不懂怎麼都不下去跳舞？

邱玲玲斜眼看看他：「嗨。」她希望胡家成能趕快把王歡帶走，要不然一堆人僵在這兒太可怕了。江逸航和她有舞約在先，沒想到多出個王歡來，他竟猶豫了。范以學也不夠聰明，要不先請她跳一支，或者乾脆請王歡。這樣子對看，她覺得憤怒之外，也覺得傷心，自己的分量被比下去了。

倒是王歡，反而好像沒事似的，手指輕輕在桌上敲著拍子，眼睛瞇瞇望向五光十色的舞池，一點也不覺得胡家成能改變什麼。胡感覺出在她心裡，他是完全從這場男女遊戲中出局了。他忽然就想起了中午，她在光天化日下驚呼：「不要碰我！」教他不寒而慄。

渾濁的空氣中流盪的是菸草、啤酒，以及每個人發洩過的感情和記憶，帶著辛辣和濃重的鹹澀。轉黯的燈光顯得藍魅魅，煙沉沉，相擁的男女拖著艱難的步伐，像是走在泥濘的路上，被淚汗泡溼的地面……

「歡！」

大家在驚訝之餘，都忙尋到了發言的人。

江逸航緩緩站了起來，朝王歡伸出了手掌。

也許是意料之中？也許不是——邱玲玲故意別過頭去看酒吧那裡作樂的人群。

大抵這關係就是這麼定了吧？她在鼻裡嗤了一聲：江、逸、航！反倒是鬆了一口氣。

王歡的眼裡是無奈，也是自慚，起身握住了江的手。

范以學見機清清喉嚨——「邱玲玲——？」對方長長吐了一口氣，摔開椅子也站了起來，挽著范以學的胳臂往舞池裡去，嘴裡不停說著些不相干的話：「在這個地方跳慢舞，走兩步就碰到旁邊溼溼黏黏的人……」聲音漸漸消失在音樂裡。

Play a song we can slow dance on
We want to hold each other
Play us a groove so we hardly move
Just let our hearts beat together……

「願意告訴我，究竟是什麼事鬧翻了？」

江逸航小心地捧著王歡的手，托住她的腰，心裡哆嗦了半天，還是問了。

王歡不出聲，虛弱地貼著他。她思前想後，真不敢相信這是一日之間發生的事？女人最不可能經歷的事，她都嚐到了，現在只剩淡淡的，清苦而醉的感覺。恍惚中，她以為是和胡家成在畢業舞會上，體育館裡上千的人，她仍不憂不懼地依偎著胡，一晚上都掛著吟吟的笑……過去了，過去了！淚又緩緩地滑了下來。

她下意識往現在身邊的人身上靠緊了些。

「是老胡，胡家成他——又有了別人？」

她搖頭。不能說的啊！也許江逸航一輩子不會知道，她的淚不是為他流的，他只是今夜碰巧又撞進了她的生活，而她再也不會放人了。

王歡在心底冷笑了兩盤，淚卻仍不爭氣地源源不歇。在江逸航臂彎裡搖啊搖的，她的視線裡猛然出現了胡家成，一個人坐在吧檯那端。她忙地別過頭去，悄悄用江的襯衫抹乾了稀里嘩啦的淚。

鄧明的心情依舊低潮，阿力不時嘀咕：「怎麼亂打燈？現在不用舞池的燈嘛……」

他彷彿沒有聽見。胡家成就坐在那裡，不再過來找他說話了。

他的眼前出現了麥可的灰色福特，在烈陽下衝上了馬路……胡家元問他怎麼了？他整個人倚在窗玻璃上，半邊身體都被曬得乾烘烘的，忽然心裡湧起一股罪惡感，簡直待會兒不敢站到那片璀璨坦蕩的陽光裡去。他像被催眠了似地把自己的一切，向胡家元做了告白，說著說著，不覺一身是汗。對方自是十分震驚，結巴地直朝他說：Take it easy，那雙眼睛瞪著他；那樣驚慌、而又好奇，彷彿還帶著一絲不屑。

麥可，至於你，我一個字也沒說。鄧明覺得一股熱流衝上腦門——這麼多人！這麼多人？有什麼用呢？究竟跟我有什麼關係呢？

原本緊握著拳的手，大張開來壓在燈控儀表板上。「啪」地一聲，他推開了所有的燈效。

幾百張面孔，一下子全從滾熱的舞池裡抬了起來，驚異這突來的白晝。

初版後記

和幾個高中同學從 YOYOGI 樓上的咖啡屋下來，已經十點多了。按照大家大學四年來的生物時鐘，這時分並不算晚，要跳舞、要上啤酒屋，都還正是時候，只不過是沒那心情。一個晚上大家聊的不外乎服役、留學、就業這一類的問題，走在成都路上，但覺事事不親，亦不入眼。

我走在最後面，發現和他們幾個還很少這時候仍在街上晃蕩。高中同學就是高中同學，這一刻我又覺得大家像是補習班下了課，吃盤紅豆牛奶冰就要趕緊回家的樣子！

出書的事，他們也知道了，也為我興奮過了，只是有點像意料中的事，在他們面前簡直沒什麼可隱藏的——至少在學校這些年的確是如此。他們走到路口時，停下來等我，有人想起了又問：「什麼時候看得到書啊？」我說：「快了，快了。」綠燈亮起，大家各自過街，隊形愈拉愈長，我又走在了最後面，感覺著彼此間的若即若離。

慢步細品這種漫漫暑溽夜裡，游移街頭的感覺，想像如果還是高中十七、八歲，不知又要被我胡亂編出一篇什麼小說來。如今不再那麼善感了，但是過去的心情總是一再浮現。再回頭看見YOYOGI也打烊了，落地窗裡光是平凡的黑，不著任何痕跡。

此情此景，忽然讓我想起了〈秋看〉裡的卜天堯，結局時那漠漠而又難言的眼神。難道那時候我就能預見自己有一天也有這樣的一望麼？我生來就最怕終了時的冷黯之情，但是——深吸了一口氣，發現自己要比卜天堯沉穩鎮靜呢！還是應該說，比寫〈秋看〉時的自己要冷靜？

在整理自己的稿子時，我非常駭異自己當初想抓住的那些「感覺」，原來都是一生一世不可解的，每個人都為它們在活著，不忍放手。而自己竟然十七、八歲就想找尋答案了？一篇篇故事，都是嘗試自我解答的過程。

寫過的故事，活過的日子。是不是也可以說——寫過的日子，活過的故事？

有些故事沒有結局。

國家圖書館出版品預行編目資料

作伴 / 郭強生作. -- 初版. -- 臺北市 : 麥田出版 : 家庭傳媒城邦分公司發行, 2018.06
面； 公分. --（麥田文學 ; 306）

ISBN 978-986-344-568-5（平裝）

857.63　　107009065

麥田文學 306
作伴

作　　者　郭強生
責任編輯　張桓瑋

版　　權　吳玲緯　蔡傳宜
行　　銷　艾青荷　蘇莞婷　黃家瑜
業　　務　李再星　陳玫潾　陳美燕　馮逸華
副總編輯　林秀梅
編輯總監　劉麗真
總 經 理　陳逸瑛
發 行 人　涂玉雲

出　　版　麥田出版
104台北市民生東路二段141號5樓
電話：(886)2-2500-7696　傳真：(886)2-2500-1967
發　　行　英屬蓋曼群島商家庭傳媒股份有限公司城邦分公司
104台北市民生東路二段141號11樓
書虫客服服務專線：(886)2-2500-7718、2500-7719
24小時傳真服務：(886)2-2500-1990、2500-1991
服務時間：週一至週五09:30-12:00．13:30-17:00
郵撥帳號：19863813　戶名：書虫股份有限公司
讀者服務信箱E-mail：service@readingclub.com.tw
麥田部落格：http://blog.pixnet.net/ryefield
麥田出版Facebook：https://www.facebook.com/RyeField.Cite/

香港發行所　城邦（香港）出版集團有限公司
香港灣仔駱克道193號東超商業中心1樓
電話：(852) 2508-6231　傳真：(852) 2578-9337
E-mail：hkcite@biznetvigator.com

馬新發行所　城邦（馬新）出版集團【Cite(M) Sdn. Bhd. (458372U)】
41, Jalan Radin Anum, Bandar Baru Sri Petaling,
57000 Kuala Lumpur, Malaysia.
電話：(603)9057-8822
傳真：(603)9057-6622
E-mail：cite@cite.com.my

設　　計　莊謹銘
電腦排版　宸遠彩藝有限公司
印　　刷　前進彩藝有限公司

初版一刷　2018年6月26月

定價／320元
ISBN：978-986-344-568-5